LINDA

Le Portail du Temps

TOME I

LA RENAISSANCE DE TAIL

LES ÉDITIONS
JKA

Le Portail du Temps – Tome I
Dépôts légaux :
Bibliothèque nationale du Québec
Bibliothèque nationale du Canada

Saint-Pie (Québec)
J0H 1W0 Canada
www.leseditionsjka.com

ISBN : 978-2-9809200-0-4
Imprimé au Canada

*I*L Y A BIEN LONGTEMPS, dans une ville bien lointaine, une histoire que je n'oublierai jamais est arrivée. Et d'ailleurs, vous n'êtes pas prêt de l'oublier non plus, croyez-moi!

Cette histoire s'est passée en 1960 dans une ville appelée Harpie. Pour vous la situer un peu, Harpie est près des montagnes harpienoises, dans l'Ouest. En ce lieu, on y retrouvait environ 5000 habitants.

À première vue, Harpie ressemblait à une petite ville parfaite. La vue y était magnifique, si près des montagnes. On y voyait le fleuve, qui venait valser au pied des sommets, et souvent de gros bateaux accostaient pour quelques jours au bord des quais.

Il y avait aussi de magnifiques hôtels et des restaurants chics. Beaucoup de gens riches y venaient séjourner. Au premier regard, tout était splendide et permettait de faire de belles promenades aux alentours, à condition de ne pas se rendre un peu plus haut dans les montagnes où se trouvait un orphelinat. Car dans cette petite ville si tranquille, et que bien des gens conseillaient de visiter, qui aurait pu imaginer qu'il se passait là-bas des choses anormales !

Imaginez un peu un bâtiment ressemblant à un château, vieux de plus de 500 ans. Haut de quatre étages avec des tours. Les armoiries d'Harpié étaient peintes sur le mur d'enceinte, au-dessus de la porte d'entrée. Sur un fond de couleur noire, surmonté du nom de la ville écrit en lettres d'or, elles représentaient deux chevaliers, assis face à face sur leur cheval blanc.

Le mur était percé d'une énorme porte d'acier avec un anneau d'acier. Il servait à avertir que quelqu'un était là : lorsqu'on arrivait, on devait saisir cet anneau et le cogner contre la porte. Un bruit terrible se faisait alors entendre.

L'extérieur du bâtiment était fait de gros blocs de ciment gris avec des fenêtres à carreaux, dont certains étaient brisés. Parfois, on voyait derrière des enfants tristes, mal coiffés. Ils regardaient les gens en les suppliant de les délivrer. Il y avait aussi d'énormes cheminées et des herbes qui grimpaient le long du mur.

Dans le jardin mal entretenu, des statues d'animaux bizarres s'élevaient et, à l'arrière, se trouvait le début d'une grande forêt. Le soir tombé, des craquements venus de la forêt se faisaient entendre. Il y avait souvent des cris inexplicables. C'en était terrifiant.

Une légende courait à propos de ce bâtiment.

Les gens racontaient qu'il était hanté et qu'il avait été construit sur un cimetière. Mais ce n'est pas tout. On disait aussi que trois sages y étaient enterrés dans des grands tombeaux en or et que ceux-ci étaient gardés par un esprit maléfique pour que personne ne puisse les retrouver. Certains affirmaient même que des gens, qui avaient essayé de les découvrir, avaient disparu…

Ce bâtiment était resté inhabité pendant plusieurs années. Il suffisait juste de le regarder pour savoir pourquoi il faisait peur. Alors, imaginez un peu y habiter! Il était très abîmé.

Un jour, comme sortie de nulle part, une personne osa l'acheter pour quelques dollars et en fit ainsi un orphelinat. Et, croyez-moi, cela ne prit que quelque temps pour que tous les Harpiens connaissent la propriétaire.

Ah! cette vieille Barbouton, qu'elle était laide!

De grande taille, très maigre, la directrice de l'orphelinat avait d'affreux cheveux de couleur rouge orangé. Elle avait un monstrueux bouton sur le menton, d'où poussaient deux poils gigantesques. Son nez était tellement long qu'un oiseau aurait pu s'y percher! Et sa voix! Elle était tellement aiguë, qu'elle vous perçait les oreilles!

Mais le pire, c'est qu'elle se croyait irrésistible!

Elle avait une démarche bien à elle. Peut-être qu'elle se prenait pour un mannequin et l'avait été, mais dans une autre vie, bien sûr! Parce que, dans cette vie-ci, il était certain qu'elle n'aurait aucune chance!

TOUT LE VILLAGE SAVAIT quand l'inspecteur arrivait en ville. Lorsqu'on voyait le matin les garçons se présenter chez le coiffeur, cela voulait dire qu'il serait là le lendemain. La Barbouton allait aussi chez la coiffeuse et après, elle s'aspergeait de parfum à un tel point que personne ne pouvait se tenir à ses côtés. Même l'inspecteur ne restait pas longtemps à l'orphelinat, car il avait du mal à respirer.

Il ne voyait donc pas ce qui s'y passait, parce que ne pouvant plus respirer, il recherchait vite la sortie pour partir. Il ne prenait jamais le temps d'interroger les enfants. Et puisque au premier coup d'œil, tout semblait parfait, il ne s'apercevait pas que rien n'allait comme il fallait. C'était comme si la directrice faisait bien attention aux enfants.

Elle allait même jusqu'à dire à l'inspecteur : « Regardez comme ils sont choux ! » en lui montrant les enfants tout souriant. Mais la vérité, c'est que quelque temps auparavant, elle avait dit aux enfants que s'ils parlaient, l'inspecteur les emmènerait avec lui pour les mettre dans une sorte de prison. Comme ils craignaient que cela ne soit vrai, tous souriaient avec un air heureux.

Pourtant, tous les Harpiens savaient qu'il se passait des choses bizarres à l'orphelinat. Des enfants disparaissaient et bien des gens disaient qu'elle faisait de la contrebande d'enfants. Croyez-moi, c'était vrai : des enfants venaient, puis partaient de cet endroit sans qu'on sache où ils allaient. Une chose était sûre : on ne les revoyait plus jamais. Mais personne ne faisait rien. Les habitants de la ville préféraient ne pas se mêler de cela.

Les seuls enfants qui restaient à l'orphelinat étaient naturellement ceux qu'elle ne trouvait pas assez bien pour les vendre. Elle leur faisait vendre des objets volés que son majordome lui avait apportés.

Cet homme était tellement laid que tous craignaient de le rencontrer le soir dans les corridors de l'orphelinat. Il était grand, gros, et ses épaules étaient tellement remontées qu'on aurait dit que sa tête était coincée entre ses omoplates, qu'il n'avait pas de cou. En plus, il avait seulement quatre dents dans la bouche.

Les filles devaient vendre ces objets et les garçons devaient cirer les chaussures dans les rues d'Harpie. Ils portaient tous des écriteaux sur lesquels était inscrit :

SVP, nous amassons de l'argent
pour les plus démunis

C'était complètement faux! En réalité, cet argent servait aux fins personnelles de la Barbouton. Ils portaient tous et toujours les mêmes vêtements : les garçons avaient un pantalon gris et un chandail blanc sale, et les filles, une jupe grise et un chandail blanc. Parmi tous ces enfants, il en avait un qui était plus mal traité que les autres.

Ce jeune garçon s'appelait Tail.

Il était âgé de 12 ans. Ses cheveux étaient bruns et ses yeux d'un beau bleu ciel. Il était grand pour son âge et, autrefois, il avait un sourire d'ange. Mais depuis bien longtemps, cela ne lui était plus arrivé de sourire.

Tail était orphelin depuis six longues années.

Ses parents étaient décédés à la suite d'un cambriolage à leur domicile. Un cambrioleur les avait assassinés. Les parents s'étaient soudain aperçus qu'une personne était entrée dans la maison. Tail avait échappé à la mort, parce que ses parents lui avaient ordonné d'aller se cacher dans le placard, lorsqu'ils avaient entendu qu'on brisait la fenêtre de la cuisine. Sans un mot, il vit toute la scène du meurtre.

Impuissant, il pleurait en silence. Sa mère le regardait en le suppliant de ne pas bouger afin qu'il ne se fasse pas tuer, lui aussi.

Tail se jura de retrouver cet homme. Même s'il devait y passer tout le reste de sa vie, cela lui était égal, il retrouverait cet homme.

Il se souviendrait de cette soirée pour le restant de ses jours. Impossible d'oublier cet homme à la chevelure noire, longue, avec un bras auquel il manquait une main et qui avait un serpent, enroulé sur une épée, tatoué sur le bras.

Monsieur et madame Tifson, les parents de Tail, étaient des gens très importants et très respectés à Harpie. Ils étaient arrivés dans cette ville peu de temps avant la naissance de Tail. Tous avaient connu M. Tifson, qui était un avocat. C'était un homme grand, bien bâti, qui avait une fière allure et était toujours là pour son garçon, passant tout son temps libre avec lui.

Tail avait le droit à tout ce qu'il désirait, à l'exception du grand livre qui se trouvait dans le bureau de son père. Le jeune homme ne savait pas ce que contenait ce manuscrit, mais un jour, son père lui avait dit : « Tail, il est très important que tu n'ouvres jamais ce manuscrit, il est sacré pour moi. » Tail avait respecté sa demande.

Sa mère était très belle et Tail avait hérité de ses yeux et de sa chevelure. Elle était d'une gentillesse inouïe. Beaucoup d'hommes avaient les yeux rivés sur elle lorsqu'elle sortait dans la rue, mais rien au monde n'était plus important que sa petite famille.

Les parents de Tail n'avaient jamais voulu parler de leur famille à qui que ce soit. Donc nul ne savait s'il lui restait ou non de la parenté. Beaucoup de gens affirmaient que les Tifson leur avaient dit qu'ils seraient le tuteur de Tail, s'ils mouraient un jour. Mais c'était totalement faux. C'est que tout le monde savait qu'ils avaient beaucoup d'argent, mais personne n'a jamais retrouvé le testament de monsieur et madame Tifson. C'était un mystère, comme celui de savoir de quel endroit ils venaient exactement.

Le gouvernement ordonna donc, vu le jeune âge de Tail, qu'il aille à l'orphelinat le temps que tout se règle. Six années plus tard, il attendait toujours.

Comme Tail était un enfant très timide, les autres orphelins en profitaient et abusaient de sa timidité. La directrice, madame Barbouton — que tous les enfants appelaient Barbe à bouton — faisait aussi de même. Mais en cachette.

Elle utilisait Tail comme un esclave et il devait dormir au grenier dans une minuscule pièce avec un matelas sur le sol et une couverture trouée. Ce n'était pas tout! Elle prenait l'argent que le gouvernement lui versait pour Tail! Pas pour lui acheter des choses dont il avait besoin, mais pour satisfaire ses besoins à elle.

Un jour, elle se regarda dans son miroir et dit :

— Puisqu'il n'a aucune famille, personne ne saura que je prends cet argent! En plus, il ne sait même pas que je le reçois.

Elle dansait devant le miroir en admirant le nouveau manteau de fourrure qu'elle venait de s'acheter, justement avec cet argent. Puis elle reprit :

— Pourquoi me gêner, c'est moi qui le sers! Après

tout, c'est moi qui dois l'endurer, c'est moi qui le nourris. Personne n'a voulu de lui, à part moi! Personne ne se soucie de lui, à part moi! C'est à moi que revient cet argent, un point c'est tout!

Mais au fond d'elle-même, elle savait bien que c'était faux, que cette situation n'était que temporaire et qu'un jour, le gouvernement trouverait une famille pour Tail. C'est d'ailleurs pour cette raison qu'elle ne pouvait pas le vendre. Comme pour les autres enfants, le jugement n'avait pas encore été prononcé pour qu'il soit reconnu orphelin. Car mignon comme il l'était, elle l'aurait vendu au prix fort.

— Dis-moi que j'ai raison! reprit-elle en s'adressant au miroir.

Dans sa tête, elle crut entendre le miroir qui lui répondait :

— Bien sûr qu'un jour, quelqu'un saura. Bien sûr!

— Impossible! Impossible! cria-t-elle, tout en éclatant de rire. Personne ne le saura! Je suis tellement intelligente. N'oublie pas que j'ai réussi à acheter ce magnifique château pour quelques dollars. Qui aurait pu faire mieux?

— Hum, un château… Plutôt une ruine!

Pauvre Tail. Depuis six ans, il l'entendait sans

arrêt lui dire chaque jour : « Tail, fais ceci, Tail, fais cela. »

La nuit venue, Tail remontait dans sa minuscule pièce au grenier qui lui servait de chambre à coucher. Il y faisait un froid atroce. Il allait là-haut avec son repas, si on pouvait appeler cela ainsi : un bouillon de poulet et un minuscule morceau de pain. Parce que Barbouton lui interdisait de manger avec les autres enfants. Elle avait peur qu'il ne parle à l'un d'eux et que les gens de la ville finissent par savoir ce qu'elle faisait à ce petit. Car lorsque les enfants allaient en ville vendre des objets ou cirer des chaussures, les gens leur demandaient souvent des nouvelles de Tail. Si un jour un enfant avait dit que quelque chose n'allait pas, des personnes se seraient précipitées au tribunal pour avoir une chance d'adopter Tail. Mais tous les enfants avaient bien été avertis qu'ils devaient toujours répondre qu'il allait bien et qu'il s'était bien adapté à sa nouvelle vie à l'orphelinat. Et lorsque quelqu'un voulait lui rendre visite, elle répondait qu'il n'était pas bien et qu'il serait préférable de revenir plus tard.

Un jour que Tail avait très froid dans son grenier et qu'il osa lui demander un autre bouillon, elle lui répondit :

— Personne ne paie pour toi! C'est moi qui t'héberge et te nourris sans que personne ne paie. Si je n'étais pas là, tu n'aurais rien. Alors, profite de ce que tu as, tu me coûtes déjà trop cher!

Quelle honte! Et comme il ne savait pas qu'elle recevait pour lui de l'argent du gouvernement, il ne lui répondit pas. D'un air triste, il se dit : « Elle a raison, au fond! Qui voudrait de moi? »

Comme chaque soir avant de s'endormir, il tenta de se réchauffer et, levant les yeux vers le ciel, il dit : « Papa, maman! Pourquoi êtes-vous partis? J'ai tellement besoin de vous, je suis tellement seul, j'ai tellement froid. Vous me manquez. Je veux mourir, venez me chercher, je vous en prie. » Généralement, Tail s'endormait dans l'obscurité du grenier les yeux remplis de larmes. Mais ce soir, à peine s'était-il endormi qu'une voix provenant des escaliers le réveilla. C'était Barbe à bouton. Elle criait :

— Allez petite vermine, debout! Debout! Debout! J'ai froid. Va me chercher du bois dans la forêt, hurlait-elle.

Tail tenta de se réveiller. Avec ses petits yeux endormis, il descendit les escaliers. Elle se trouvait là, au pied des escaliers, afin de s'assurer qu'il s'était bien levé.

— Pourquoi c'était si long pour que tu descendes?
lui dit-elle

— J'ai fait vite, madame!

— Ah! Tu trouves ça toi! lui dit-elle, comme si cela
faisait déjà une éternité qu'elle l'attendait.

Tail lui demanda :

— Cette fois, est-ce que je peux avoir un manteau,
madame?

— Non! s'exclama-t-elle.

— C'est qu'il fait très froid dehors!

— Tu n'as qu'à courir, ça te réchauffera et ainsi tu
ne perdras pas de temps, lui dit-elle en lui lan-
çant un regard autoritaire. Allez, dépêche-toi!
J'ai besoin de toute ma nuit de sommeil; je suis
une femme d'affaires, moi.

— Oui, Madame.

Elle ne voulait pas que Tail aille chercher du bois
dans la journée, car elle ne voulait pas que les gens
le voient dans la forêt et qu'on vienne le lui repren-
dre. Elle attendait donc la nuit tombée pour l'y en-
voyer. Une personne sensée n'aurait jamais envoyé
quelqu'un dehors sans manteau par un froid glacial
comme celui-là, mais elle avait une pierre à la place
du cœur, elle ne connaissait pas la gentillesse.

Quelques instants plus tard, Tail sortit. À l'extérieur, la température était sous le zéro. En quelques secondes, il se mit à trembler de froid et des larmes glissèrent le long de ses joues. Immédiatement, elles devinrent des petits glaçons. Il savait qu'il ne pouvait revenir sans le bois, car elle le renverrait illico en chercher.

TAIL AVANÇAIT dans l'obscurité. Cela faisait quelques minutes qu'il marchait, mais rien, pas un morceau de bois par terre. Il y avait seulement ce bruit bizarre d'animaux et des craquements d'arbres terrifiants, mais il était habitué à cela depuis six ans maintenant qu'il les entendait.

Une bonne heure s'était écoulée et il avait juste réussi à ramasser des branchettes qui étaient complètement gelées, lorsqu'une lueur attira son attention. « Un feu dans cette forêt. Qui pourrait bien en faire ? » se demanda-t-il. Il s'en approcha de plus près, sans faire le moindre bruit pour qu'on ne remarque pas sa présence. Il vit un homme assis près du feu. Il se cacha derrière un arbre pour ne pas être vu. Tail croyait que l'homme ne s'était pas aperçu de sa présence. Lorsqu'il se pencha pour regarder derrière l'arbre, ce dernier lui fit un signe de la main, l'invitant à venir le rejoindre. Tail se retourna pour être certain que ce geste lui était destiné. Mais, il n'y avait personne derrière ; c'était bien à lui que s'adressait ce geste. Il eut un moment d'hésitation, puis décida d'aller le rejoindre.

En s'approchant de l'homme, Tail remarqua qu'il portait un grand manteau avec un immense chapeau. Il ne pouvait voir son visage, malgré la présence du feu. L'homme lui dit :

— Bonsoir, jeune homme.

— Bonsoir, répondit Tail.

— Assieds-toi, lui dit-il en lui désignant de la main une petite place près du feu.

Sans aucune raison apparente, l'homme lui inspirait confiance. Il prit place près du petit feu et se réchauffa sans dire un mot. Et même s'il avait voulu parler, sa bouche pouvait à peine bouger, tellement il était glacé.

Il se mit à regarder l'homme. Il avait une grande barbe blanche avec de longs cheveux blancs. Quel

âge peut-il avoir ? 70 ans ? Pourquoi est-il habillé de
cette façon ? On dirait qu'il vient d'une autre épo-
que. Pourquoi prépare-t-il son repas sur ce feu ? Il n'a
pas de maison ? Tail retourna la tête : pas d'abri en
vue. Mais où va-t-il dormir ? se demanda-t-il.

Il le dévisagea. Il avait quelque chose qui lui rappelait quelqu'un. Mais qui ? Tail fixa l'homme. Puis
il s'aperçut que l'homme le regardait aussi.

— Désolé ! dit Tail, gêné de voir que l'homme l'avait
vu l'examiner de la tête aux pieds.

Mais cela n'avait pas dérangé du tout l'homme.
Il lui fit un simple sourire et dit :

— Quel est ton nom, petit ?

En frissonnant, l'enfant répondit :

— TTTaaiiilll, monsieur !

L'homme reprit :

— Bien, Tail. Je m'appelle Macmaster. Je suis en-
chanté de faire ta connaissance.

Et lui serra la main. L'homme prit ensuite la petite casserole qui était sur le feu et lui demanda :

— As-tu faim ?

— Non, merci ! répondit Tail, trop gêné de lui
avouer qu'en vérité, il mourait de faim.

Comme si l'homme avait lu dans ses pensées, il
insista :

23

— Tu es certain, car je devrai jeter cette bonne nourriture si tu n'en veux pas.

Il posa à nouveau la question :

— En voudrais-tu juste un peu ? Si tu ne l'aimes pas, tu pourras toujours la jeter. Qu'en penses-tu ?

— D'accord, monsieur !

— Macmaster ! Macmaster, reprit-il avec un petit sourire.

— Hum ! Désolé.

Macmaster prit une petite casserole et la remplit pour Tail. Il était très bien équipé. Il avait avec lui une petite batterie de casseroles.

— Merci ! s'empressa de dire Tail.

Il savoura chaque bouchée.

— Hum ! C'est très bon, lui dit-il.

— Merci. Dis-moi Tail, à te regarder tu dois avoir 12 ou 13 ans, n'est-ce pas ?

— Douze ans, monsieur. Oups ! Désolé, Macmaster.

— Ce n'est pas grave, tu n'es pas obligé de t'excuser.

Est-ce que tu habites à l'orphelinat ?

Tail regarda en direction de l'orphelinat et son visage s'assombrit.

— Oui, c'est bien là que j'habite.

— Cela fait longtemps? demanda Macmaster.

— Oh! Oui! Trop longtemps, même.

Macmaster regardait les mains de Tail. À voir toutes les blessures qui les marquaient, il avait bien compris qu'il était là depuis très longtemps. Et aussi les vêtements qu'il portait ne lui allaient plus depuis bien longtemps. Tail n'arrivait toujours pas à se réchauffer. Un énorme frisson le fit frémir.

— Tu es encore gelé, n'est-ce pas? demanda-t-il.

— Un peu! répondit-il mais au fond, il était complètement gelé.

Macmaster sortit une couverture du sac qui était posé juste à ses côtés.

— Tiens, cela te réchauffera. Mais dis-moi, pourquoi es-tu dehors à cette heure de la nuit?

— C'est que la directrice de l'orphelinat n'a plus de bois et je dois lui en trouver.

— À cette heure-ci? interrogea Macmaster sur un ton plus élevé.

— Oui, elle ne veut pas que je sorte le jour. Mais vous savez ce n'est pas grave, elle me donne un toit pour dormir. Et aussi à manger.

Tout en brassant le feu, Macmaster lui dit :

— Tu pourrais attraper une pneumonie et tu dis que cela n'est pas grave! Vraiment! Elle te donne

25

à manger! Et que manges-tu? demanda-t-il d'un air interrogateur.

— Oh! de bonnes choses, vous savez.

Tail regarda Macmaster. On aurait dit un père qui prenait soin de son enfant, tant il y avait de sagesse dans son regard. Tail se demanda pourquoi il ne lui posait aucune question sur le fait qu'il soit là. Mais au fond, c'était mieux ainsi. Tail ne tenait pas vraiment à raconter son histoire à un étranger.

Tout à coup, quelque chose attira son attention dans le sac qui se trouvait à côté de Macmaster. Le sac s'était mis bouger. Il y avait quelque chose dedans, c'était certain. Intrigué, Tail osa demander :

— Qu'y a-t-il à l'intérieur?

Macmaster sourit et ouvrit le sac, d'où il sortit un petit furet tout blanc. Les yeux de Tail se mirent à étinceler.

— Est-ce vraiment un furet? demanda-t-il à Macmaster.

— Bien sûr, lui répondit-il avec un immense sourire. Tail, je te présente Curpy. Curpy, je te présente Tail. Tu peux le prendre dans tes bras, Curpy est très gentil.

Macmaster le remit à Tail, qui n'en revenait pas de pouvoir prendre ce petit animal. Tail expliqua à Macmaster que le furet était son animal préféré, qu'il en avait déjà demandé a son père, puis il s'arrêta. Il ne voulait pas parler de cela. Macmaster ne le questionna pas. Il avait compris que Tail ne voulait pas entrer dans les détails.

Tail regarda Curpy. C'était comme s'ils se connaissaient depuis toujours. On aurait même cru voir un petit sourire, par moments, sur le visage de Tail, tellement il adorait tenir ce petit animal.

Il avait même réussi à oublier qu'il avait froid et aussi l'orphelinat pour quelques instants. Il ne s'était même pas aperçu que plusieurs heures s'étaient écoulées jusqu'au moment où Tail imagina la tête de Barbouton, s'il lui mettait Curpy dans son lit.

— Barbouton! s'exclama Tail en relevant la tête d'un coup.

— *B*EN, VOYONS! Où est passé Macmaster? Il n'y a même plus de feu. Mais que s'est-il passé? Je n'ai pas rêvé quand même! Curpy, tu es bien réel! Dis-moi où est Macmaster, j'ai sa couverture sur moi? Macmaster! Macmaster! Répondez! Où êtes-vous! cria Tail.

Personne. Il n'y avait plus rien, à l'exception d'un petit tas de bois, bien coupé et du sac de Macmaster. Tail resta là, immobile, ne comprenant rien. Au bout de quelques instants, il mit Curpy à l'intérieur du sac, prit le bois et partit d'un pas décidé vers l'orphelinat.

Tout au long du chemin de retour, Tail se demanda ce qui avait bien pu se passer. Devant l'orphelinat, il jeta un coup d'œil par une fenêtre. « Le champ est libre! dit-il à Curpy. Allez, on y va! » Tail tenta de monter le vieil escalier sans que cette fois, il ne se mettre à craquer. Il avait l'impression que cet escalier ne finirait jamais. Arrivé au grenier, il donna quelques consignes à Curpy.

— Écoute Curpy, si quelqu'un vient, tu devras te cacher, sinon ils te prendront et je ne pourrai plus te revoir. Tu imagines si Barbouton te voit, elle en perdrait la boule!

Comme si Curpy avait compris, il alla se cacher à côté du matelas. Tail regarda la couverture de Macmaster et se dit qu'il devait aussi la cacher. Il la plia et la plaça sous le matelas. Ainsi, personne ne pourrait la voir. Tail redescendit au rez-de-chaussée et se mit au travail. Déjà le jour se levait.

Il se demanda comment Macmaster avait pu disparaître. Comme ça. Il savait que ce n'était pas un rêve. Il était tellement concentré qu'il ne remarqua même pas que des enfants lui adressaient la parole. C'étaient les préférés de Barbouton qui passaient près de lui et disaient :

— Regardez, comme il est laid!

— Regarde, tu as mal lavé le plancher! lui lança un autre, d'un air de dégoût en jetant des saletés par terre.

Mais rien n'atteignait ses pensées. D'ailleurs, il n'avait jamais fait savoir que les pensées des autres le blessaient. Sa journée de travail terminée, le temps était venu pour lui de remonter. Pour ne pas semer le doute, il fit comme d'habitude : il monta tranquillement au grenier avec son plateau pour que personne ne remarque son excitation de rejoindre Curpy. Et cet escalier qui donnait l'impression de ne jamais se terminer, tant il tournait sur lui-même pendant plus de trois étages. Arrivé, en haut, il posa son plateau et se mit à la recherche de Curpy. Curpy ne se montrait pas.

— Oh non! pas lui aussi! ne me dit pas que tu as disparu aussi! Curpy! Curpy, chuchota-t-il pour que personne ne l'entende.

À ces mots, Curpy jaillit de sous la petite couverture qui recouvrait le lit de Tail. Il était très mignon à voir, sa petite tête sortant de la couverture trouée.

— Curpy! s'exclamait-il. Tu as bien écouté ce que je t'avais dit. Bravo!

Tail le prit dans ses bras et le serra contre lui.

Après quelques minutes ainsi, il partagea son minuscule repas et se mit à lui raconter sa vie. Il remercia ses parents de lui avoir envoyé un ami et surtout celui dont il rêvait depuis toujours. Puis il s'endormit tout près de lui.

Cette nuit-là fut très calme. Barbouton dormit toute la nuit et Tail fit de même. Le lendemain, Barbouton, qui avait ressenti une différence chez Tail, l'examina du coin de l'œil pendant quelque temps et se dit : « Diable, pourquoi a-t-il l'air heureux ? » Elle l'interpella :

— Hé, petite vermine, viens ici !

Tail s'approcha.

— Que caches-tu, dis-moi ?

— Rien, madame, pourquoi ?

— Tu as l'air différent.

Comme Tail était un enfant très vif d'esprit, il répondit :

— Non, madame, je me suis juste dit que je devais apprécier la chance que j'avais de vous avoir.

— Enfin ! Un qui a compris, dit-elle fièrement. Bien. À présent, continue ton travail.

— Oui, madame.

Ouf ! Tail l'avait échappé belle. Une autre journée avait passé. À peine s'était-il endormi, qu'il entendit du bruit. C'était encore Barbouton.

— Allez, petite vermine, lève-toi. J'ai froid, va me chercher du bois.

Tail se leva et alla voir dans l'escalier si Barbouton y était encore. Lorsqu'il ouvrit la trappe du grenier, il sursauta en hurlant : « HHHHHHHHHHHHH HAAAAAAAAAAAAAA! » car elle était là.

— Qu'y a-t-il? demanda-t-elle.

— Rien, rien, madame. Je ne croyais pas que vous étiez montée, c'est tout!

Mais en réalité, c'est qu'avec ses affreux rouleaux sur la tête et sans son dentier, elle faisait peur à voir.

— Ça fait 15 minutes que je t'appelle.

— Désolé, madame.

— Alors, si c'est tout, va t'habiller et me chercher du bois.

Tail referma la trappe et prit Curpy qu'il cacha sous son chandail.

— Tu sais, Curpy, ce n'est pas la peine de lui demander un manteau, elle me répondra : « Tu n'as qu'à courir », dit-il en l'imitant. Mais vois-tu, aujourd'hui, j'ai la couverture de Macmaster pour nous réchauffer.

Il prit la couverture et sortit chercher le bois dans la forêt.

Cette fois, il était certain qu'il n'y aurait personne, car le majordome était parti plus tôt pour deux jours à la recherche d'objets volés. Dehors, il faisait un froid glacial, le jour n'était pas encore levé. On n'y voyait rien, c'était l'obscurité. La lune était cachée par le brouillard.

Tail regarda Curpy et lui dit :

— Ne t'en fais pas, je trouverai du bois bientôt. Es-tu bien dans mon chandail ? Une chance que nous avons cette couverture chaude.

Comme s'il pensait que Curpy allait lui répondre !

On n'y voyait rien, même pas à deux pieds devant soi. L'heure avançait et toujours rien, pas de bois, que de l'obscurité et ces cris d'animaux. « S'il faisait jour, cela irait mieux ! Hein, Curpy ? » Mais sur ses mots, Tail s'enfargea dans la couverture et tomba dans le vide. C'était comme un immense ravin qui ne finissait plus. Puis, bamoum ! Il se cogna la tête.

QUELQUE TEMPS PLUS TARD, il ouvrit les yeux. « Depuis combien de temps, suis-je ici ? » se demandait-il. Tout étourdit, il regarda devant lui et ne reconnut pas l'endroit. « Où suis-je ? » Il avait énormément mal à la tête. Il était là, allongé par terre, ne sortant de nulle part. Il n'était pas non plus dans un trou. Il tourna la tête.

À quelques pas de lui se tenait une fille de 13 ans environ. Elle était très jolie avec ses longs cheveux blonds et de grands yeux noisette. Sa façon de s'habiller lui donnait un peu un genre garçon manqué.

Puis, tournant de nouveau la tête, Tail découvrit un garçon aux cheveux châtain qui portait de petites lunettes et de drôles de vêtements, comme s'il avait une centaine d'années. Pourtant, il avait environ le même âge que lui. Pourquoi était-il habillé ainsi? Il se tenait là à l'observer! Comme s'il venait d'une autre planète! Au bout de quelques minutes, le garçon décida de parler.

— Je…

Il ne dit rien d'autre, puis regarda la fille et haussa les épaules.

— Allez, Vic, vas-y, dit la jeune fille.

— Je m'appelle Victor, mais je préfère Vic.

Voyant que Tail se taisait, il poursuivit.

— Parles-tu notre langue? demanda Vic tout en examinant Tail.

— Sûrement pas, rétorqua la jeune fille. Tu as vu comment il est habillé? Yak! On dirait qu'il vient d'un autre monde.

— Elle, elle s'appelle Catherine, reprit Vic. Mais si tu tiens à ta vie, tu dois l'appeler Cat.

Elle regarda Tail d'un air assuré et dit très tranquillement, comme s'il était sourd :

— Et toi, qui es-tu?

Tail se leva et leur dit :

— Aïe!

— Aïe. C'est ton nom? questionna Vic. Tu n'as pas que des vêtements bizarres, tu as aussi un nom qui l'est.

— Ben non, intervient Cat. Il s'est sûrement cogné la tête, c'est pour cela qu'il dit aïe!

— Mon nom est Tail. Où suis-je?

— Tu es à Harpie! annonça Vic.

— Impossible! J'habite Harpie et cela ne ressemble pas à Harpie! Et regardez là-bas! Il y a des cabanes en bois. Aïe! cria-t-il en se tenant la tête.

Cat répliqua immédiatement :

— Des cabanes! Des cabanes! Dis donc, t'es pas gêné! C'est nos maisons. Ton coup sur la tête t'a fait perdre ton intelligence ou quoi?

— Hi hi hi hi!

Vic ne pouvait s'empêcher de rire. Il avait un rire bien à lui, qu'on pouvait reconnaître parmi des dizaines de personnes.

— Tu ne comprends pas? Je ne moque pas de vos maisons, mais on ne peut pas être à Harpie, je vous assure.

Tail regarda de tous les côtés : cela ne ressemblait pas du tout à Harpie.

— Ah oui! Et où te crois-tu? questionna Cat.

— Je ne sais pas, je ne sais plus, répondit Tail en se tenant toujours la tête.

— Écoute! C'est très simple à comprendre, reprit Cat. On est à Harpie et nous sommes en 1400.

— Quoi! Répète l'année.

— En plus, tu n'entends pas bien! En 1400.

— C'est impossible.

— Mais, c'est qu'il ne comprend rien!

— Oui, je comprends ce que tu dis. Mais non, on est en 1960. Tu te trompes, affirma Tail.

Mais que s'est-il passé, se demanda Tail intérieurement. Il se mit à expliquer comment il était arrivé ici et comment Harpie était fait. Cat et Vic se rappelèrent tout à coup la légende que leurs parents leur avaient racontée. Tous deux n'en revenaient pas, c'était lui. Oui, ça ne peut être que lui, se dit Vic se passant la main dans les cheveux.

Tail se mit à penser Curpy.

— Curpy! Curpy! appela-t-il.

— Qui est Curpy? demanda Vic.

— C'est, c'est…

Ouf! Curpy était bien là. Vic, stupéfait, interrogea Tail :

— Tu as l'animal en plus?

— Comment ça « en plus »? demanda Tail, tout surpris.

— Non, rien, intervint Cat en faisant signe à Vic de ne pas parler.

Tail réfléchit. Mais que se passe-t-il depuis quelque temps? Toutes ces choses bizarres qui m'arrivent depuis la rencontre avec Macmaster! Ils sont vraiment habillés comme dans les années 1400. Il n'y a aucune route à l'horizon, seulement des chemins de terre. Ils ont raison, c'est certain que nous ne sommes pas 1960.

Puis Tail présenta Curpy et expliqua comment il l'avait eu. Les jeunes amis étaient fascinés par Curpy. D'ailleurs, qui ne le serait pas. Comment ne pas être fasciné par ce petit animal qui avait un air tellement coquin? Tail demanda :

— Depuis quand vivez-vous ici?

C'est Cat qui répondit :

— À Harpie? depuis toujours! Mais pas toujours ici, lui précisa-t-elle en montrant où étaient les maisons. Tu vois, il y a six années de cela, nous habitions plus près des montagnes dans l'enceinte du château. Mais un jour Calsalme, le fils du frère du roi Dartapie, nous a attaqués avec son armée de monstres. Ils ont rendu esclaves tous les habitants qui n'avaient pas réussi à s'enfuir. Même la princesse Isabella et le roi Dartapie ont été capturés et enfermés dans le grenier du château. Voilà pourquoi notre village s'appelle Harpie. C'est en l'honneur du roi.

— Quoi? Une princesse, des monstres et un roi! s'exclama Tail.

— Oui, reprit Cat, la princesse Isabella. Ne dis pas que tu ne sais pas ce qu'est un roi, une princesse et des monstres!

— Hi hi hi hi!

Vic venait encore de faire entendre son petit rire, tandis que Cat regardait Tail, les deux mains sur les hanches, comme quelqu'un qui débarquait d'une autre planète.

— Bien sûr que je sais c'est quoi, mais…

Tail se mit à les imaginer tous, puis il enchaîna :

— Pourquoi a-t-il fait cela?

— Eh bien, répondit-elle, le roi Dartapie a chassé son frère d'Harpie, il y a quelques années. Le frère du roi était un malfaiteur : il taxait les gens à l'insu du roi et battait ceux qui n'avaient pas l'argent réclamé. Et ce n'est pas tout. Il volait aussi certaines personnes riches : il entrait dans les maisons et prenait tout ce qu'il y avait. Tu comprends quand le roi a su ce qui se passait, il l'a chassé immédiatement. Maintenant son fils veut la place du roi. Il vengerait ainsi son père et…

Tail l'interrompit :

— Mais le roi, où il est ? Il n'avait pas une armée ou quelque chose de ce genre, comme on en voit à la télévision ?

— La télévision ? C'est quoi ça ? demanda Cat.

Tail se mit à rire, mais cela n'était pas du tout méchant. Et il continua :

— Ce n'est pas grave, je veux seulement dire une armée, des soldats.

— Bien sûr qu'il avait une armée, que crois-tu ? Mais Calsalme est très futé. Il avait mis une potion dans l'eau des gardes du roi et tous ceux qui en ont bu se sont transformés en une sorte de monstre et le roi a été capturé, lui aussi.

— Une potion ?

— Vas-tu répéter tous les mots que je prononce ?

— Non, non. Mais pourquoi n'êtes-vous pas allés les sauver ? Ce sont vos amis ! C'est important des amis.

Cat mit encore une fois les deux mains sur les hanches et lui répondit :

— Bien sûr qu'on a essayé! Que crois-tu que nous sommes? Des mitaines?

— Tu sais, ceux qui ont essayé ne sont jamais revenus! renchérit Vic.

Tail n'arrivait toujours pas à comprendre ce qu'il se passait. Quelques instants plus tard, on entendit la voix du père de Vic qui les appelait pour le déjeuner.

— Allez, Tail, tu peux venir avec nous, tu sais, lui dit Vic.

ONSIEUR BASTONIÈRE vint
à leur rencontre. S'apercevant qu'il était en présence
d'une personne qu'il ne connaissait pas, Vic présenta
Tail à son père.

Le père de Vic était un scientifique. Il s'appelait
Leonardo Bastonière. Il n'avait aucune ressemblance
avec son fils. Il avait des cheveux bruns, il était petit
et un peu rond.

Vic expliqua à son père comment il avait trouvé
Tail et que cela ressemblait à l'histoire que les gens
d'Harpie racontaient. Stupéfait, monsieur Bastonière invita Tail a se joindre à eux pour le repas.

Il doit accepter, se dit monsieur Bastonière, afin que je puisse l'étudier de plus près et si Vic avait raison, nous aurions trouvé l'élu.

Tail le tira de ses pensées. Il accepta volontiers la proposition, car il n'avait aucun autre endroit où aller. Ils se mirent en route vers la maison de Vic. Monsieur Bastonière ne lâcha pas Tail du regard une seconde. Il l'examina sans arrêt de la tête aux pieds, en se gratouillant la moustache.

La maison de Vic ressemblait à toutes les autres maisons construites avec des arbres. Arrivé sur le lieu, il y avait quatre garçons, qui tous ressemblaient à monsieur Bastonière, un peu dodus. Mais aucune ressemblance avec Vic. Lui, il doit sûrement ressembler à sa mère, se dit Tail.

Vic fit les présentations.

— Tail, je te présente les garçons Viateur, Vincent, Vynce et le dernier, c'est Vital.

Tail se mit à rire intérieurement : tous avaient un prénom qui commençait par V.

— Bonjour, dirent ensemble les garçons avec un grand sourire.

— Bonjour, répondit Tail.

— Allons les enfants, entrons déjeuner! dit monsieur Bastonière.

44

À l'intérieur, il faisait bien chaud et une odeur délicieuse se faisait sentir. Une vraie maison, pensa Tail. Il se remémorait les repas avec ses parents. Lorsqu'il revenait de l'école, une odeur appétissante sortait de la cuisine de sa mère.

Tail examina la maison. D'un côté, il y avait les lits faits avec du bois et pour les matelas, on avait mis de la paille. Tous avaient leur propre lit à côté d'une cheminée. De l'autre côté se trouvait la cuisine.

La dame qui se tenait près de la table était sûrement la mère de Vic. Quelle ressemblance! Les cheveux, les yeux, c'était pareil.

La dame s'aperçut de la présence de Tail. Lui aussi la regardait. Un peu gêné, il baissa la tête. Elle lui lança un beau sourire et lui dit :

— Bonjour, petit. Quel est ton nom?

— Tail, madame. Je m'appelle Tail, madame.

— Bien. Sois le bienvenu, Tail, ma maison t'est ouverte.

— Merci, madame.

— Pourquoi rougis-tu, Tail? demanda Viateur.

— Es-tu gêné? renchérit Vic.

— Non, non! Enfin, un peu, peut-être.

Tous se mirent à rire, mais Tail savait qu'il n'y

avait aucune méchanceté dans ces rires, qu'ils étaient amicaux.

— Allez les garçons, il est l'heure de se mettre la table, ordonna madame Bastonière.

Et d'un même pas, tous, du plus petit au plus grand, s'installèrent à table. On assigna une place à Tail et il s'assit. Madame Bastonière lui demanda s'il avait faim.

— Oh! oui, madame.

— Bien. Je vais te servir le premier, parce que tu es notre invité.

Le repas était délicieux. C'était un bon ragoût fait maison avec des légumes du jardin de madame Bastonière.

Tous parlaient et cela faisait très longtemps que Tail n'avait pas pris un vrai repas en compagnie de gens. Après que les Bastonière eurent raconté leur histoire, Tail raconta la sienne. Tous écoutaient attentivement. C'était la première fois qu'il expliquait ce qui s'était passé la nuit dernière. Tail se sentait soulagé d'avoir enfin pu conter cela à quelqu'un. Personne ne l'avait interrompu. Tous l'avaient écouté et avaient le cœur gros.

— Quelle histoire atroce, avait laissé entendre madame Bastonière. Comment est-ce possible de faire cela à un enfant? Cette femme, je lui ferai bien la passe, moi.

Elle avait joint le geste à la parole et montrait ses mains, les poings fermés, comme si elle voulait démontrer ce qu'elle allait faire. Après quelques instants, tous éclatèrent de rire, car personne ne l'avait jamais vue ainsi.

Le déjeuner terminé, tout le monde se leva et ramassa ce qu'il y avait sur la table pour aider madame Bastonière.

Tout d'un coup, elle interpella Tail :

— Que dirais-tu de prendre un bain chaud? Après une telle excursion, ça te ferait du bien.

Tail se regarda. Il était tout sale. Depuis combien de temps n'avait-il pas pris un bain? Il ne s'en souvenait même plus.

— Oui, madame, je suis d'accord!

Madame Bastonière mit l'eau à chauffer dans la cheminée, puis la versa dans une cuve quelques instants plus tard. Le bain de Tail était prêt. Pendant qu'il prenait son bain, il entendait monsieur et madame Bastonière discuter, mais il ne parvenait à entendre que des chuchotements, parce que les garçons riaient trop fort. Ils s'amusaient avec Curpy. Après avoir fini de prendre son bain, Tail mit les vêtements que madame Bastonière lui avait trouvés.

Ces vêtements appartenaient au frère de Victor, Marcuse. Ils étaient à peine trop grands, mais cela ne paraissait pas du tout. Vic lui avait expliqué que son frère avait disparu le jour où Calsalme avait attaqué la ville. Marcuse était le premier chevalier de la garde du roi, lui avait-il dit fièrement avant d'ajouter :

— Si Calsalme n'avait pas attaqué Harpie, j'aurai aussi dû partir de la maison pour devenir chevalier.

— À ton âge ?

— Oui, car pour devenir chevalier, tu dois te préparer. Il faut de longues années pour cela. Tu dois apprendre les bonnes manières, apprendre à monter et à courir à cheval, à porter une armure. Tu sais, c'est très pesant ! Tu dois faire de la lutte pour apprendre à te battre, tu dois être courageux et avoir de la loyauté. Cela prend environ six à huit ans. Donc à l'âge de 20 ans environ, si tu réussis tous les tests, tu deviens chevalier, sinon tu es un soldat.

Tail finissait de s'habiller. Il ne lui restait plus que les grandes bottes et les chaussons à enfiler. Il écarta la couverture qui servait de porte, ses chaussons et ses bottes dans les mains. D'un coup, tous arrêtèrent de parler et le fixèrent.

— Qu'y a-t-il? demanda Tail.

Le père de Vic s'approcha et examina la marque qu'il avait sur la jambe.

— Mon dieu, c'est vraiment lui! exclama-t-il.

— Quoi! reprit Tail.

Le père de Vic regarda sa femme et lui dit :

— Garde-le près de toi. Je reviens dans quelques instants.

Et d'un pas décidé, il partit. Tail ne comprenait rien. Mais que se passait-il. Tous le regardaient sans mot dire. À voir le visage de madame Bastonière, on comprenait qu'elle ne le regardait pas pour la même raison. On pouvait voir des larmes dans ses yeux : Tail lui rappelait son fils.

Vic prit la parole :

— Allez, suis-moi, on va chez Cat.

— Ne pars pas trop longtemps, Vic. Ton père va revenir, lui dit sa mère.

Ils sortirent de la maison et Tail demanda à Vic :

— Explique-moi ce qui se passe.

— Attends une minute.

49

En quelques enjambées, ils étaient arrivés chez Cat. Elle était dehors.

— Cat! Cat! cria Vic.

— Quoi? répondit Cat.

— Tail, enlève ta botte et montre-lui ta jambe, dit Vic. Tu avais raison, Cat, c'est lui.

Cat examina la marque que Tail avait sur la jambe.

— Allez, dites-moi! C'est assez! Qu'est-ce que j'ai de bizarre? demanda Tail.

Vic prit la parole.

— Tu vois la marque que tu as sur la jambe?

— Bien sûr, que je la vois! Je l'ai depuis ma naissance.

— Eh bien, dans le grand livre des sages…

Vic reprit son souffle, mais Tail l'interrompit :

— Oh non! Pas encore des sages!

— Écoute, Tail, il est écrit que seul celui qui a la marque de la plume et qui possède un animal magique pourra sauver Harpie.

— Quoi! Vous rigolez! Ce n'est pas moi et regardez Curpy, il n'est pas magique, voyons. Regardez-le! Comment peut-il sauver les gens? dit Tail en regardant Curpy.

Cat regarda Tail d'un drôle air et dit :

50

— Oui! C'est bizarre. C'est ce que je me dis. C'est sûrement un hasard, Vic. Il a raison, comment pourrait-il nous aider? Il aura vu cela dans sa télévision, je suppose.

— Cat a raison, je ne sais rien, moi! Je suis sûr que vous vous trompez de personne.

Tout à coup, on entendit le père de Vic les appeler. Il approcha tranquillement sur le chemin de terre. Il était accompagné de sages. Il y en avait deux. Ils étaient identiques. Tous deux avaient une longue barbe blanche et de longs cheveux blancs. Ils portaient une grande cape avec un grand chapeau de couleur bleue, comme le ciel dans la nuit avec de minuscules étoiles. Leur habillement ressemblait drôlement à celui que portait Macmaster, le soir où Tail l'avait rencontré.

— Ça alors, il y a vraiment des sages, dit Tail éberlué.

— Tu vois, Tail, on te disait bien la vérité, répondit Vic.

Curpy sortit du petit sac et partit à la rencontre de ces hommes, comme s'il les connaissait.

— Curpy! Curpy! s'écria Tail.

L'un des sages s'adressa à Tail :

— Ne sois pas inquiet, petit! Il t'est fidèle, il reviendra.

Tail observa Curpy. Le sage l'avait pris dans ses bras et c'était comme si l'animal lui parlait. Mais le plus surprenant, c'est que le sage avait l'air de bien le comprendre. Puis les sages se rapprochèrent de Tail et l'examinèrent en tournant autour de lui. Ils se mirent à se parler dans une autre langue.

— Oui, c'est bien lui! Il est parfait.

— Et pourquoi pensez-vous que c'est moi?

— Tu viens de répondre à notre dernière question, lui dit un des sages.

Tail était le seul à comprendre ce qu'ils disaient. Vic, surpris, l'interrogea :

— Tu as compris ce qu'ils ont dit?

— Bien sûr. Et toi aussi!

— Ben, non! Nous n'avons pas compris. Ils parlaient dans une autre langue, voyons! rétorqua Cat.

— Quoi?

Tail était stupéfait. Il ne comprenait toujours rien. Il regarda les sages en espérant obtenir une réponse. Il se demandait toujours à lui-même : « Pourquoi moi? »

L'un des sages, qui avait lu dans ses pensées, dit :

— C'est une longue histoire, Tail. Nous allons tout t'expliquer.

— Vous avez entendu ce que je me disais ? leur dit-il.

— Bien sûr ! répondit le même sage.

Tail eut une autre pensée. « Oh, crotte ! Oh désolé ! »

Les sages se mirent à rire.

— Tail, nous croyons qu'il est temps que tu nous accompagnes !

— Où ça ?

— Nous avons certaines choses à te montrer ! répondit l'un d'eux.

— Vous êtes certains qu'il n'y a pas d'erreur. C'est bien moi ?

— Oui, Tail ! Viens avec nous, tu comprendras mieux certaines choses.

— Bien, si vous le dites ! annonça Tail. d'un air un peu triste.

Tail regarda Cat et Vic et leur dit :

— Vous savez, j'ai été bien content de vous rencontrer tous les deux. Monsieur Bastonière, merci de m'avoir accueilli dans votre maison. Dites merci également à madame Bastonière et aux garçons de ma part, voulez-vous?

— Bien sûr, Tail, je lui dirai.

— Nous avons été contents nous aussi de te connaître, lui dit Vic. Au revoir, Tail.

— Au revoir, Tail, dit aussi Cat.

D'un air déçu, il suivit les sages.

N QUELQUES MINUTES, ils arrivè-
rent à la cabane des sages. Tail y entra. Il y avait des
boules de verre et des tonnes de livres. L'un des sages
l'invita à s'asseoir et prit un livre.

— Tu sais, Tail, ici c'est notre refuge, comme tu
   peux le voir. Ça n'a rien d'un château. Nous y
   avons une pièce secrète, bien à nous, que par
   chance Calsalme n'a pas trouvée.

— Comment le savez-vous?

— Parce qu'il aurait eu beaucoup de catastrophes,
   s'il avait trouvé la pièce.

— Je vais te lire quelques lignes du grand livre des

sages, intervint l'autre sage. Tu comprendras mieux alors ce qui t'arrive. Nous avons retrouvé ce livre, il y a quelques mois à peine.

Tail regarda la couverture du livre. Il voyait bien qu'il ne datait pas de quelques années, mais plutôt de quelques siècles. Les pages étaient de fines feuilles qui avaient été bien conservées.

— Vous savez, mon père en avait un pareil.

Le sage commença à lire. Il y était bien inscrit qu'un jeune homme venu de loin, avec le signe de la plume sur la jambe et accompagné d'un animal magique, serait l'élu. Tail n'y croyait pas.

— Comment est-ce possible! Moi et Curpy?

Tail repensa à sa rencontre avec Macmaster.

— Mais oui! Cet homme, Macmaster, c'est lui qui a tout fait.

Perdu dans ses pensées, Tail ne remarqua pas la présence d'un nouveau sage. Lorsqu'il releva la tête, il l'aperçut.

— Macmaster! C'est vous, vous êtes là! s'exclama Tail

Macmaster sourit.

— Eh, oui, Tail! C'est bien moi.

— Vous devez m'expliquer ce qui se passe! Pourquoi moi, pourquoi?

— Je vais tout t'expliquer, reprit Macmaster. Tu vois, Tail, notre rencontre n'était pas un hasard. Tu avais raison, tu n'as pas rêvé, tout ce qui est arrivé était bien réel. C'est une longue histoire très spéciale. Tu es de ma famille, Tail.

— Comment ça de votre famille? On m'avait dit que je n'avais plus de famille. En plus, si on est vraiment en 1400, je ne suis même pas encore au monde. Comment cela se pourrait?

— Si tu me laisses le temps de t'expliquer, tu comprendras tout, répliqua Macmaster.

— Je suis vraiment désolé.

— Ne sois pas désolé, je comprends ton angoisse. Donc je vais t'expliquer. Ton père…

Macmaster fit une pause.

— Ton père est de ma descendance.

— Que dites-vous?

Macmaster répéta ce qu'il venait de lui dire. Puis il enchaîna :

— Voilà d'où vient ta sagesse, Tail.

— Mais un sage, ça n'a pas d'enfant!

Tout en riant, Macmaster répondit qu'il y avait des exceptions.

— Mais comment saviez-vous où j'étais?

— Tes parents!

— Mais comment pouvez-vous parler à mes parents? Ils sont décédés. Et si je comprends bien, je suis en 1400, donc j'ai reculé dans le temps.

— Oui, ton père était lui aussi un sage, en 1400.

— Comment il était un sage en 1400, alors qu'il était mon père en 1960?

— Eh bien nous, les Dartapie, nous sommes éternels et possédons chacun un pouvoir.

— Mais pourquoi mon nom de famille est Tifson?

— Tifson était le prénom de ton père, lorsqu'il a choisi de sauver le grand manuscrit. Il est parti après l'attaque de Calsalme. Il a utilisé la machine que monsieur Bastonière a inventée et ils se sont retrouvés en 1948 avec ta mère, car bien sûr elle était enceinte de toi, et nous devions te protéger parce que nous savions que tu étais l'élu. Mais Calsalme a découvert la machine de Bastonière.

Puis il s'arrêta.

— Pourquoi vous arrêtez-vous? Continuez, insista Tail.

— Je continuerai une autre fois, car malheureusement le temps presse. Tail, tu dois sauver Harpie.

— Moi? Cette histoire ne tient pas debout. Vous

58

êtes tous fous! leur dit Tail qui ne comprenait plus rien.

— Suis-moi, Tail! ordonna Macmaster. Tu vois la grande cuve là-bas?

— Oui.

— À l'intérieur, il y a une eau magique grâce à laquelle on arrive à voir bien des choses. Certaines personnes communiquent avec nous par cette eau. Viens, je vais te montrer.

Quelques instants plus tard, Macmaster se mit à dire des mots étranges et, soudain, un visage apparut à la surface de l'eau. C'était le magnifique visage de la mère de Tail, avec son beau sourire.

— Maman! s'écria Tail. Maman!

Tail se mit à pleurer de joie et de tristesse.

— Maman, tu me manques tellement. J'ai tellement besoin de toi, maman.

— Écoute, mon cœur, je suis toujours près de toi, même si tu ne me vois pas. Là où je suis, je te vois, je suis à ton écoute. Tu sais, Tail, parfois il nous est impossible d'intervenir, sinon il y a longtemps que j'aurais fait quelque chose pour te sortir de cet orphelinat! Tu sais, il y a toujours un sens à ce qui nous arrive, même si cela semble parfois n'avoir aucun sens. Je sais que tu ne

méritais pas tout ce que madame Barbouton t'a
fait subir, mais un jour, elle sera punie pour ce
qu'elle a fait. Tu nous manques tellement, mon
cœur.

— Moi aussi, vous me manquez.

Elle reprit.

— Écoute-moi bien, Tail. Macmaster est de la famille, c'est un grand sage. Nous savons que c'est
toi qui es destiné à sauver la princesse Isabella
et le roi Dartapie. Tu es la sagesse même, Tail.
Malheureusement, notre départ précipité ne
nous a pas permis de t'expliquer ce que serait ton
destin.

— Comment ça? Vous saviez ce qu'il se passerait?

— Non, pas tout, mais nous savions que tu étais
destiné à être l'élu comme cela était indiqué dans
le livre que ton père possédait. Tu te souviens de
ce livre? Il appartenait au grand sage et à l'intérieur, il est inscrit que celui qui est marqué du
signe de la plume sera le sauveur.

— Mais il y a peut-être d'autres enfants qui ont cette marque.

— Tu as peut-être raison, mais seul le fils de Tifson a cette marque et c'est toi, Tail. Maintenant
écoute-moi bien, car le temps passe très vite! Je

dois te quitter. Curpy est d'une grande sagesse! Il te guidera dans tes décisions. Aie confiance en lui. Surtout, dis-toi toujours qu'on t'aime. Au revoir, mon cœur.

S
UR CES MOTS, l'image disparut. Tail
tenta de la rappeler, mais sans succès. Macmaster
prit Tail par les épaules et le consola.

— Laisse-toi aller, cela te fera un grand bien, lui dit
Macmaster. Tu sais, Curpy te sera d'une grande
aide.

— Comment ? Il ne parle même pas !

— Apprends à l'écouter avec ton cœur et tu l'enten-
dras.

Macmaster commença à expliquer comment il
devrait faire pour réussir. Il sortit une grande feuille,

qui ressemblait à un parchemin, où un trajet pour se rendre au château avait été dessiné à la main.

— Regarde, Tail, je vais te montrer où est le château.

Tail s'approcha du parchemin et écouta attentivement tous les conseils que Macmaster lui donnait. Puis il lui demanda :

— Comment vais-je savoir qui est la princesse ?

Macmaster sortit une feuille sur laquelle était peinte la princesse et la lui tendit.

— Oh ! C'est elle !

Macmaster lui répondit par un sourire.

Comme elle est belle, se dit Tail, avec ses grands cheveux bruns et ses yeux bleus ! Quel âge pourrait-elle avoir ? 33 ans ?

— Trente-trois ans, tu as raison. Et elle est d'une beauté resplendissante, ajouta Macmaster.

Tail était gêné, car Macmaster avait entendu ses pensées. Il se mit à rougir.

— Bon, un peu de sérieux, maintenant, dit Macmaster.

— Comment vais-je faire ? demanda Tail.

— Tu sauras, ne t'en fais pas. Tout notre esprit sera avec toi. Tu as la sagesse et tu as la force.

— Que dites-vous! Moi, j'ai la force? La force de
lever une plume, oui!

Macmaster se retourna, ouvrit un grand coffre et
prit une épée.

Le manche était bleu et il y avait un ruban brun
tressé autour d'un rubis incrusté. La lame était faite
de mythrile.

— Oh! Quelle splendeur! dit Tail en voyant l'énorme manche sculpté de l'épée.

— Cette épée sera ta force, répondit Macmaster.
Elle appartenait au grand chevalier blanc.

Tail le regarda avec étonnement.

— Le chevalier blanc était le neveu du roi Dartapie et aussi mon fils, dit Macmaster. Son épée te
donnera la force.

Tail savait que le chevalier blanc avait été le plus
grand chevalier du monde. Personne ne l'avait jamais vaincu.

— Il est mort des suites d'une grosse pneumonie.
Tu comprends pourquoi je m'étais emporté lors
de notre rencontre. J'ai perdu un être cher par
le froid. Je ne voulais pas qu'il t'arrive la même
chose.

Tail se souvint des mots que Macmaster avait
prononcés cette nuit-là. « Tu pourrais attraper une

pneumonie et tu dis que ce n'est pas grave ! » Il avait alors changé de ton et élevé la voix.

Macmaster sortit Tail de ses souvenirs.

— Regarde. Cette dague appartenait à mon père.

Puis, Macmaster continua de donner quelques explications à Tail. Il y avait deux jours et demi de marche avant d'atteindre le château, qui était à mi-chemin de l'autre côté dans les montagnes d'Harpie.

— Tu dois passer par la montagne, car si tu passes de côté, tu te feras repérer en quelques minutes.

Après lui avoir tout expliqué, il lui dit :

— La nuit est déjà bien amorcée. Je crois que nous devrions aller nous coucher maintenant. Demain sera un grand jour pour toi. Bonne nuit, Tail. N'oublie pas de prêter attention à tes rêves.

— Bonne nuit, Macmaster.

Pourquoi Macmaster me dit-il de faire attention à mon rêve, se demanda Tail. Puis il repensa à tout ce qui venait de lui arriver.

— Tu sais, Curpy, j'aimerais bien revoir Vic et Cat. J'avais confiance en eux. Je ne sais pas pourquoi, mais j'avais confiance.

Tail continua de parler ainsi à Curpy.

PENDANT CE TEMPS, à quelques maisons de là, Cat et Vic se préparaient.

— Allez! Tu dois être prêt dès l'aube. Demain, nous allons le suivre en cachette pendant quelques kilomètres, après quoi il n'aura plus le choix. Nous irons avec lui, dit Cat.

— Ok! Je serai prêt, répondit Vic.

— Ne fais pas de bruit pour ne réveiller personne. T'as compris, Vic?

— Oui! Oui!

— Bon, à demain.

— Bonne nuit, Cat.

— Bonne nuit, Vic.

Bonne nuit, ma Catherine se disait Vic en retournant chez lui. Pour Vic, Catherine était la future femme qu'il voulait épouser. À ses yeux, il n'y avait qu'elle. Vic n'avait jamais informé Cat de ses pensées. Il n'en était pas question, il ne voulait pas voir sa réaction. Si elle était négative, il aimait mieux l'aimer en cachette. Elle ne lui avait jamais démontré qu'elle avait le béguin pour lui.

Pendant ce temps, les sages s'étaient réunis pour préparer quelques potions magiques. Ainsi, en cas de besoin, Tail aurait ce qu'il faut. Et comme les sages arrivaient à lire dans les pensées, ils étaient au courant de la petite manigance de Cat et Vic. Ils avaient donc ajouté un peu plus de potion pour eux. Mais un des sages ne partageait cet avis, il ne voulait pas que les autres enfants suivent Tail.

— Pourquoi les laisserait-on aller avec lui? Ils ne savent rien et sont inexpérimentés, avait-il demandé a Macmaster.

— Est-ce que toi, Barnadine, tu étais bien expérimenté quand tu es arrivé ici? lui demanda Macmaster.

Extarnabie, l'autre sage, éclata de rire en repensant aux débuts de Barnadine, tant ils furent catastrophiques. Par chance, personne n'avait été gravement blessé par ses expériences de potion magique.

— D'accord! D'accord, arrête de rire Extarnabie, j'ai compris, dit-il avec un petit sourire.

— Et puis, ils auront le plus grand sage avec eux, n'est-ce pas?

Tail s'endormit et se mit à rêver. Il rêva de Curpy. Curpy lui parlait.

— Ne sois pas inquiet, je serai près de toi tout au long du voyage. Je serai tes yeux, ton ouïe. Toutes les nuits, je viendrai dans tes rêves, je t'expliquerai comment faire pour prendre une bonne décision. Demain, tu auras deux amis qui t'accompagneront durant ton long voyage. Ne sois pas inquiet, ils te seront fidèles. À demain, Tail. Fais de beaux rêves maintenant.

La nuit passa et Tail se réveilla dès l'aube. Il regarda Curpy et lui dit :

— Tu m'as parlé! Ils ont raison, tu es magique, je le sais maintenant! Mais ta voix, on aurait dit celle de mon père.

Tail regarda Curpy d'un air bizarre. Curpy le regardait aussi d'un air qui disait qu'il lui avait bien parlé.

Tail s'habilla, prit les sacs spécialement préparés

pour lui par les sages et sortit sans faire de bruit pour ne pas les réveiller. Mais Macmaster l'avait entendu. Dans une voix intérieure, Macmaster lui dit : « Bonne chance, mon grand! » Comme si Tail l'avait entendu, il se retourna vers la maison et lança à haute voix :

— Au revoir, Macmaster, vous allez me manquer.

Dehors, il faisait très noir et Tail se mit à penser à la Barbouton.

— Elle doit me chercher, dit-il à Curpy. Je l'entends d'ici dire : « Allez, petite vermine, où es-tu caché? Sors de ta cachette. » Et il se mit à en rire.

Il regarda Curpy et poursuivit :

— Je sais que tu m'as vraiment parlé Curpy! Je serai attentif à toi.

Il se retourna une dernière fois vers la maison des sages et partit.

Tail marchait depuis quelques heures en suivant bien les instructions de Macmaster. Il regardait le paysage. « Que c'est beau », se disait-il, « Maintenant, Curpy, je comprends pourquoi les gens tiennent tant à Harpie. C'est magnifique à regarder. »

Soudain, il entendit le même bruit qu'il avait déjà entendu. Il y a quelqu'un qui me suit, se dit-il.

— Qui est là? cria-t-il. Allez, c'est assez! Je sais qu'il
    y a quelqu'un qui me suit. Sortez de votre ca-
    chette.

Personne ne se manifesta. Tail fit bouger des
branches à la recherche de quelqu'un.

— Cat, Vic, c'est vous! dit-il.

Découvrant ses deux amis, il leur demanda ce
qu'ils faisaient ici.

— Ne sois pas fâché Tail! lui dit Vic.

— Je ne suis pas fâché, Vic! Mais pourquoi m'avez-
    vous suivi sans dire un mot? Cela aurait pu être
    dangereux, vous savez?

— Dangereux! Dangereux! répéta Vic en regardant
    Cat qui lui avait affirmé qu'il n'avait aucun dan-
    ger.

Regardant de nouveau Tail, Vic reprit :

— Et comment ça aurait pu être dangereux?

Vic n'était pas très brave. Il avait accepté de venir,
mais sans savoir exactement pourquoi. Sans doute
pour impressionner. Il commençait à le regretter.

— Eh bien, je ne sais pas vraiment, mais on doit
    s'attendre à tout, vous savez! D'après Macmas-
    ter, cela ne sera pas facile. Et puis, ne m'avez-
    vous pas dit que tous ceux qui ont essayé ne sont

jamais revenus? dit Tail en regardant vers Cat alors qu'il posait cette question.

— C'est vrai, tous ceux qui ont essayé ne sont jamais revenus. Mais cela ne veut pas dire qu'ils sont morts, répondit Cat qui maintenant regardait Vic pour le rassurer.

— Bon, allez, vous êtes ici, aussi bien me suivre, finit par dire Tail.

Cat regarda Vic et lui chuchota à l'oreille : « Tu vois, qu'est-ce que je t'avais dit?! »

Ils se mirent en route vers le château. Ils leur restaient deux jours de marche avant d'y arriver. Après quelques heures de marche, la nuit commença à tomber. Tail dit alors qu'il était temps qu'ils trouvent un abri pour la nuit.

— Quoi? Nous devrons coucher à la belle étoile. Et le loup, qu'est-ce que tu en fais? demanda Vic pris de panique.

— Mais où croyais-tu qu'on allait dormir? répliqua Cat.

— Je ne sais pas, mais pas dehors en tout cas! D'autant que les gens disent que cette forêt est hantée, depuis que Calsalme nous a attaqués! Et si c'était vrai, hein?

— Il n'y a pas de peur à avoir, voyons! affirma Tail.

— Ah oui! Qu'est-ce que tu en sais? demanda Vic.

— J'ai passé toutes mes nuits dehors, dans la forêt, quand j'étais à l'orphelinat. La vieille Barbouton m'envoyait chercher du bois la nuit pour réchauffer ses petites fesses. Les gens disaient que l'orphelinat avait été bâti sur un cimetière, puis...
Tail arrêta de parler.

— Allez, continue, demanda Cat, impressionnée.

— Eh bien, selon la légende, quatre sages y étaient enterrés!

— Ouf! dit Vic, par chance on en connaît trois.

— Pas si vite! s'exclama Cat. J'ai déjà entendu les trois sages dire qu'il y avait un autre, mais qu'il avait désobéi à un code en faisant une chose interdite. Il avait alors été puni et transformé en animal pour 100 ans. Certains disent même qu'il aurait été dans le futur.

— Quoi? dit Tail en regardant Curpy.
Vic répéta ce qu'il savait.

— Oui, je comprends pourquoi il est parti à la rencontre des deux sages, l'autre jour, dit Tail sans quitter Curpy des yeux.

— Oui, affirma Cat.

73

Tail se mit à penser : « Curpy, serais-tu mon père ? » Tail sentit qu'on le poussait. C'était Vic qui se collait contre lui.

— Ne sois pas inquiet, Vic, il n'y a pas de danger, lui dit-il.

— Si tu le dis, Tail, je te fais confiance.

— Tu sais, Vic, les animaux ont peur du feu. Donc, si on en fait un, ils n'approcheront pas et nous sommes encore trop loin de Calsalme pour que son armée viennent nous rejoindre, ajouta Cat.

— Ok! Ok! j'ai compris!

Puis Vic aperçut un endroit qui serait suffisamment haut pour que les animaux ne viennent pas et il dit :

— Regardez là-bas, ce serait parfait sur le rocher.

— Oui! C'est l'endroit idéal. Merci Vic! dit Tail.

Vic était fier d'avoir trouvé le camp pour la nuit. La nuit fut très calme. On entendait les cris des animaux, les craquements des arbres, mais rien d'anormal. Le jour se pointait. Tail regarda à ses côtés. Vic était venu se coller contre lui pendant la nuit. Tail se leva sans que Vic ne le sentît et il pensa au rêve qu'il avait fait. « Bizarre, j'ai cru entendre Curpy dans mon rêve, mais je ne me rappelle pas s'il m'a donné des conseils. » C'est Cat qui le sortit de ses réflexions.

— Bonjour, Tail.

— Bonjour, Cat. Tu as bien dormi?

— Oui, mais on dirait bien que notre ami Vic n'a pas très bien dormi.

Elle examina Vic. Il avait changé d'endroit pendant la nuit et s'était rapproché de Tail. Il lui lança un petit sourire pour lui faire signe qu'il avait compris. Puis Vic se réveilla à son tour.

— Bonjour, vous deux.

Tail et Cat répondirent à Vic. Ils prirent ensuite un petit déjeuner rapide, car il était temps de se mettre en route.

APRÈS QUELQUES HEURES de marche, ils entendirent un bruit. Tail dit doucement :

— Avez-vous entendu ? Il y a quelqu'un qui nous suit depuis un instant.

Vic, pris panique, demanda :

— Hein, où ? Qui ? pendant qu'il regardait partout en même temps.

Cat émit un « Chut! » pour qu'il se taise. Tail leur fit signe de former un cercle et d'avancer calmement vers la branche qui bougeait. Tail sortit l'épée que Macmaster lui avait remise. Vic la trouva si lourde cette branche avec tout son feuillage, qu'il arrivait à peine à la soulever. Cat avait aussi sorti l'épée qu'elle avait apportée.

Calmement, Vic fit bouger la branche et tous virent une sorte de petit monstre. On aurait dit un ourson en peluche blanc, mais avec des poils tellement longs qu'on ne voyait pas ses pieds. Mais il était très mignon en même temps. Comme il était tout petit, Vic le sentit et dit : « Ha! Ha! Petit monstre, on t'a trouvé. »

Cat donna une tape sur l'épaule de Vic et dit :

— Arrête, Vic! Tu l'effraies.

— Oui! Elle a raison, tu lui fais peur, renchérit Tail.

Vic haussa les épaules. Cat reprit :

— Regardez-le, avec ces petits yeux! Il est mignon comme tout.

— Oh! Ouash! rétorqua Vic.

— Bonjour, je m'appelle Cat.

— Voyons Cat, il ne parle pas! dit Vic avec un brin de jalousie.

Cat lança un tel regard à Vic qu'il comprit qu'il ferait mieux de se taire, s'il tenait à ses dents…

La petite boule de poils regarda Cat et dit :

— Je m'appelle Alexandra.

Puis, se tournant vers Vic, ajouta :

— Et je suis une fille. Pas un garçon ni un monstre! Une fille.

Elle avait une petite voix toute douce.

Cat prit la parole.

— Dis-moi Alexandra, pourquoi nous suis-tu?

— Eh bien, vous allez au château, n'est-ce pas?

— Oui! Comment le sais-tu?

— Jamais personne ne passe ici, sauf ceux qui tentent de se rendre au château.

— Et toi, pourquoi es-tu ici? demanda Cat.

D'un air triste, Alexandra répondit :

— Je vivais là-bas, mais un des monstres de Calsalme m'a transformée en ce que je suis.

— Pourquoi? lui demanda Tail.

— Calsalme a pris ma mère et en a fait sa femme, malgré elle. Elle ne voulait pas de lui, mais si elle ne l'épousait pas, il l'avait menacée de tuer son homme de confiance, le roi et son amoureux.

— Qu'est-ce que ta mère avait de si spécial? intervint Vic.

— Arrête, Vic! ordonna Cat. Ne l'écoute pas Alexandra. Continue.

— Alors, elle l'a épousé, puis elle m'a eu. Calsalme ne voulait pas de fille, mais un garçon. Il a demandé à un de ses sorciers de me transformer en garçon et voilà ce que ça a donné, dit Alexandra, les yeux plein de larmes en leur démontrant son corps avec un geste de la main.

— Mais comment es-tu arrivée ici? questionna Vic.

— Je me suis sauvée!

— Oui, mais pourquoi? demanda Cat.

— Lorsque ma mère m'a vue, elle était en pleurs. Elle m'a dit de me cacher, ce que j'ai fait dans la cave du château et les jours où Calsalme n'était pas là, je montais dans la tour pour aller voir ma mère. Mais il y a environ six mois, je sais plus trop, Calsalme a mis des gardes partout dans le château. Il savait que j'y étais. J'ai alors dû me sauver et je n'ai pas revu ma maman.

Elle se mit à pleurer et Tail la prit dans ses bras pour la consoler.

— Calsalme a dit qu'il me tuerait s'il me retrouvait, continua-t-elle en pleurant.

— Mais tu vis ici comment? Comment manges-tu? s'inquiéta Cat.

— Je vis ici dans cet abri, répondit Alexandra tout en montrant l'abri qu'elle avait construit.

— C'est toi qui a fait cela toute seule ? demanda Tail
en admirant la petite cabane.

— Oui, c'est moi, dit-elle très fière de sa cabane. Et
pour manger, je chasse.

— Avec quoi ? demanda Cat.

Alexandra montra le petit arc qu'elle avait fabri-
qué avec une branche.

— Quel âge as-tu ? demanda Tail.

— J'ai 6 ans et demi.

Cat prit Alexandra dans ses bras et dit :

— Tu vas rester avec nous. Nous allons te protéger.
D'accord, Alexandra ?

Alexandra est tellement heureuse, qu'elle leur dit
oui sans hésitation.

Tous quatre reprirent leur chemin en direction
du château. Peu après, Tail demanda à Alexandra :

— Dis-moi, y a-t-il une solution, ou bien une potion, pour que tu redeviennes la petite fille que
tu étais ?

— Oui. Ma mère m'a dit que seul celui qui serait
l'élu pourrait prendre le collier de Calsalme et le
mettre à son cou, ainsi mon apparence redevien-
drait comme auparavant. Mais jamais personne
ne l'a vu, m'a-t-elle dit. Dis-moi, Tail, le connais-
tu ?

— Bien sûr, qu'il le connaît! C'est lui! affirma Vic.

Alexandra sauta de joie et dit :

— Tu lui prendras, Tail? Dis, tu lui prendras? demanda-t-elle.

— Je vais essayer, Alexandra.

— Non, promets-le-moi, Tail, s'il te plaît.

— Oui, je t'en fais promesse.

Comment puis-je dire une chose pareille, se disait Tail tout en continuant de progresser dans la forêt avec ses amis.

— Dis-moi, Tail, qu'est-ce qui bouge dans ton sac? demanda Alexandra.

Tail sortit Curpy de son sac. Émerveillée, Alexandra demanda de le prendre. Tail le lui donna et lui disant :

— Surtout, Alexandra, fais très attention à lui.

— Oui! Bien sûr.

PRÈS UNE LONGUE HEURE DE MARCHE SILENCIEUSE, CAT S'ADRESSA À ALEXANDRA.

— Comment s'appelle ta mère?

— Isabella! C'est la princesse Isabella, annonça Alexandra, fière de dire le nom de sa mère.

— Comment?! reprit Cat.

— As-tu perdu tes oreilles, Cat! Elle s'appelle princ…

Cat interrompit Tail.

— Oui, j'ai compris. Mon père, c'est lui son homme de confiance, tu vois!

— Comment s'appelle ta mère, as-tu dit? redemanda Vic qui s'était approché à deux pouces d'Alexandra.

— C'est assez! s'exclama Cat, croyant que Vic riait encore d'elle.

Tail regarda Vic, qui comprit qu'il n'était plus question de rire. Il y avait quelque chose d'autre. Vic s'était mis à se gratter la tête et tournait en rond en disant : « Il est vivant! Il est vivant! » Puis ils se détournèrent de Vic, ignorant sa réaction.

Alexandra repensa à l'homme de confiance de sa mère et demanda à Cat :

— Ton père s'appelle-t-il Normandin Dionière?

— Oui! Merci mon dieu, il est vivant.

— Alors, tu connais ma mère?

Cat et Alexandra se mirent à se raconter des histoires.

Pendant ce temps, Tail repensa à tout ce qui s'était dit depuis la rencontre avec Alexandra. « Elle a 6 ans et demi et cela fait 6 ans que Calsalme a attaqué les Harpiens. Cela veut dire qu'il n'est pas le père d'Alexandra. Mais qui est son père? »

La nuit commençait à tomber et cela faisait longtemps qu'ils marchaient. Tail proposa de s'arrêter.

— Il est temps de faire notre campement pour la nuit. Je crois qu'ici, c'est l'endroit parfait.

— D'accord! répondirent en chœur les trois autres.

Après avoir ramassé des feuilles et des branches, chacun construisit son abri. Quelques instants plus tard, les abris étaient montés, mais celui de Vic ressemblait à une prison sur le point de s'effondrer!

— Dis-moi, Vic, as-tu l'intention de dormir là-dessous? demanda Alexandra.

— Bien sûr! Pourquoi me demandes-tu cela? Voudrais-tu dormir avec moi?

Tous arrêtèrent de parler. Comment Vic avait-il changé si vite de point de vue à l'égard d'Alexandra?

Elle répondit :

— Si tu veux que je dorme avec toi? Tu me traitais de monstre ce matin!

— Je me suis trompé, Alexandra, je suis vraiment désolé. Tu pourrais me donner une autre chance, puis tu pourrais me conseiller pour refaire ma cabane. Qu'en penses-tu?

— Moi, te conseiller? Ce sera avec grand plaisir, mon cher, répondit-elle fièrement. Nous allons la coller contre la mienne, ainsi on aura deux chambres à coucher.

Tail regarda Cat et lui dit :

— Il y a quelque chose qui m'échappe. Pourquoi est-il devenu soudain très gentil avec elle?

— C'est vrai. Je ne comprends pas, moi non plus.

Ils firent ensuite un feu. Alexandra s'endormit la première. Tail la prit dans ses bras et alla la coucher sous l'abri qu'elle avait construit. Lorsqu'il revint, Cat dit en regardant dans la direction d'Alexandra :

— Pauvre petite. Mais vous savez quoi? Calsalme ne peut pas être son père…

Tail l'interrompit :

— Oui, je sais, j'ai compté moi aussi. Mais qui est son père?

— Je sais que la princesse Isabella avait un amoureux. C'était l'un des chevaliers.

Vic intervint :

— Oui, le chevalier, c'est mon frère. Personne ne savait que c'était lui, à part moi. Ils vivaient une véritable histoire d'amour et voulaient l'annoncer au roi, mais Calsalme est arrivé.

— Donc, tu es l'oncle d'Alexandra. Voilà ce qui explique ton changement! lui dit Tail.

— Oui. Lorsqu'elle a dit que la princesse était sa mère et qu'elle avait 6 ans et demi, j'ai immédiatement compris.

— Donc, ton frère est enfermé dans un cachot avec le père de Cat. Maintenant, notre première étape sera de libérer ton frère et ton père, dit Tail en regardant Vic et Cat. Ainsi, eux pourront nous conduire auprès de la princesse Isabella.

Cat ajouta :

— Oui, mais ne croyez pas que cela sera facile. Je crois, moi, que ce ne sera pas aussi simple que cela. Sinon beaucoup de gens auraient réussi, voyons donc.

Tail pensa qu'elle avait peut-être raison. Il y avait quelque chose de louche que personne n'avait encore vu. Ou bien ils nous surveillent, se dit-il en regardant autour de lui. Après un long moment de silence, Tail prit la parole :

— Je crois que tu as bien raison, Cat, il faudrait élaborer un plan d'attaque. Il ne faut pas penser avoir l'autre aide que nous imaginons. S'ils sont emprisonnés depuis tout ce temps, ils n'ont sûrement plus de force.

— Que veux-tu dire par « un plan d'attaque »? demanda Vic.

— Eh bien, élaborer un plan pour ne pas se faire prendre. Tu crois sans doute que nous allons arriver au château sans que rien ne nous arrive?

indiqua Tail. Puisqu'on dit que la nuit porte conseil, alors nous verrons cela demain. Il se fait tard, il serait temps que j'aille me coucher. Vous aussi devriez faire la même chose. Bonne nuit à vous deux, dit Tail en se dirigeant vers son abri.

— Bonne nuit à toi aussi, répondirent ensemble Cat et Vic.

Tail dormait depuis quelques minutes lorsque Curpy se mit à lui parler.

— Cette journée a été bien tranquille. Tu as raison, demain sera beaucoup plus agité, d'autant que tu feras une rencontre désagréable. Fais attention : c'est l'armée de Calsalme et n'oublie pas que parmi ses soldats se trouvent des Harpiens qu'il ne faudrait pas tuer. En approchant du château, sois sur tes gardes. Il y aura des pièges. Sois prudent. Tu devras regarder dans ton sac : tu y trouveras une petite bouteille bleue. Prends-en une gorgée et donne la même quantité à tes amis. Cela vous protègera des flèches empoisonnées. N'oublie pas que ces gens sont des Harpiens. Fais de beaux rêves, Tail. À demain.

Tail dormit jusqu'à ce que le bruit des oiseaux le réveille le lendemain.

— Bonjour, tout le monde! Avez-vous bien dormi? lança Vic tout en s'étirant de tous côtés.

— Très bien et toi Vic? demanda Tail.

— Hum! Pas très bien! Comme vous pouvez le constater, un côté de mon abri s'est écroulé pendant la nuit, mais du côté d'Alexandra, il est resté debout, lui!

Tous rirent de bon cœur.

— Êtes-vous prêts pour cette nouvelle journée? questionna Tail.

Les trois amis étaient prêts. Tail ouvrit alors son sac et trouva la petite bouteille bleue, comme Curpy le lui avait dit.

— Buvez une gorgée de ce sirop. Cela vous protègera contre les poisons.

— Quels poisons? Tu rigoles?! demanda Vic.

— As-tu peur Vic? intervint Alexandra

— Moi, peur? Tu rigoles!

Chacun avala un peu de la potion magique que les sages avaient remise à Tail. Un instant, il pensa même en donner à Curpy. Il ne fallait surtout pas l'oublier.

Ils levèrent le campement et reprirent leur route vers le château.

CELA FAISAIT UNE HEURE qu'ils marchaient lorsque des bruits de pas se firent entendre. Le bruit se rapprochait.

— Aaaaavvveeezzzz-vous entendu? demanda Vic en chuchotant.

— Oui! répondit Tail doucement.

— Qu'est-ce que c'est? s'inquiéta Alexandra.

— Je ne sais pas, répondit Cat en regardant Tail.

Tail leur fit signe de se préparer.

Des monstres sortis du bois avançaient sur eux. Ils ressemblaient à des humains, mais en même temps à des monstres. Derrière leur casque de fer, on voyait seulement des yeux et de longs poils qui s'échappaient. Leurs mains étaient aussi très poilues.

Ils marchaient comme des robots. Ils n'avaient pas un langage clair, on aurait dit qu'ils parlaient dans une boîte de conserve. Ils portaient des armures noires.

En quelques instants, ces « choses » entourèrent les quatre amis.

Cat sortit de son sac son épée. Tail fit de même avec l'épée que Macmaster lui avait remise. Dès le contact de sa main sur l'objet de métal, une force magique envahit son corps. Cette épée ne pesait guère plus qu'une plume, mais Tail sentait une puissance extraordinaire monter en lui. Sans aucune raison apparente, il avait tout le profil du guerrier, comment s'il l'avait toujours été. Tous engagèrent immédiatement le combat contre les soldats de Calsalme. Tail réentendait en lui la voix de Curpy : « N'oublie pas, ce sont des Harpiens. »

En quelques coups d'épée, ils réussirent à maîtriser les assaillants. Puis ils attachèrent les prisonniers à des arbres.

— Ouf! C'est fini. Vous avez vu comment j'ai combattu ces monstres, dit Vic.

— Oui! Oui! répondit Tail.

— C'est drôle. J'aurai cru que tu te cachais derrière les arbres! lança Alexandra.

— Non! Il y en avait un gros caché près de l'arbre, répliqua Vic.

Tous savaient que Vic n'était pas du genre brave, mais personne ne dit rien car il aurait été offensé.

— Vous n'êtes pas blessé? demanda Tail à ses amis.

Tous répondirent qu'ils allaient bien.

— Mais pourquoi ne pas les avoir tués? demanda Vic en regardant les prisonniers ligotés d'un air de dégoût.

— Vois-tu, Vic, derrière ces monstres se trouvent des Harpiens. Aimerais-tu vraiment que je les tue? demanda Tail.

— Pourquoi dis-tu cela? questionna Alexandra.

— Parce que eux aussi ont eu droit à la même potion que toi, mais dans une autre proportion car ils obéissent à Calsalme.

— Mais dans ce cas, ils vont mourir attachés à cet arbre! s'exclama Cat.

— Non, Cat. Après avoir repris le collier à Calsalme, tous reprendront leur véritable apparence. Et lors de notre retour, nous les délivrerons.

— Et si on ne revient jamais? demanda Vic.

— Nous allons revenir, assura Tail sur un ton qui ne laissait aucun doute.

Pourtant, au fond de lui, Tail se demandait comment il pouvait être aussi sûr de lui. Il reprit.

— Allons-y! On approche.

Ils poursuivirent leur route.

— Attention! Là, il y a des pièges, cria Cat.

— Attention, Vic, regarde où tu mets les pieds! avertit Tail.

Il y avait en effet devant lui un immense trou recouvert de branches qui servait de cage souterraine.

— Merci, Tail.

— Maintenant, on est près du but. Il faut passer inaperçus. Nous devrions nous recouvrir de cette boue, dit Tail en montrant un immense trou plein de vase.

— Quoi? De la boue! dit Vic. Pourquoi? À quoi cela nous servirait?

— Voyons, Vic! La boue est la même couleur que la terre. Si nous ressemblons à la terre, personne ne pourra nous voir, expliqua Cat.

Ils enduirent tout leur corps de boue partout. Curpy plongea même tête la première dans la boue, car lui aussi voulait passer inaperçu. Vic ne put s'empêcher de rire en les voyant tout couverts de boue.

— Hi! Hi! Avez-vous vu de quoi vous avez l'air? On dirait que c'est vous les monstres!

— Ah oui! Et toi, à quoi crois-tu ressembler? l'interrogea Cat.

Vic cessa de rire et tenta de se regarder.

— Allez, nous devons repartir, dit Tail. Le temps presse.

Ils se remirent à marcher. Soudain, Cat leur chuchota :

— Il y a encore quelque chose qui nous observe, je le sens.

— Où ça? Où ça? dit Vic en s'éloignant, pris une nouvelle fois de panique.

— Chut! dit Tail. Écoute au lieu de parler.

Ils s'arrêtèrent pour regarder autour d'eux.

— Nous sommes surveillés, vous devez faire attention, mais... Mais où est donc passé Vic? demanda Tail à voix basse.

— Vic, arrête de te cacher, ce n'est pas drôle, dit Alexandra.

Mais Vic ne se cachait pas : il avait disparu. Les montres de Calsalme l'avaient emporté en quelques secondes lorsque pris de panique, il s'était éloigné du groupe. Rien n'avait été plus facile que de l'attraper. Ils l'avaient pris par surprise en mettant un foulard sur sa bouche. Les soldats l'avaient immédiatement conduit au château pour le remettre à Calsalme.

IC SE RÉVEILLA. « Depuis com-
bien de temps est-ce que je dors ? » se demanda-t-il,
ne sachant pas non plus où il était. Il se retourna et
vit Calsalme.

Comme il avait l'air méchant ! Il l'examina, puis
se dit qu'il ressemblait drôlement à l'homme de
l'histoire de Tail. Il portait une grande cape noire
et de grandes bottes noires. « Il est affreux, il a les
cheveux noirs et tous gras, en plus il lui manque une
main. Oh ! mon dieu, c'est sûrement pas une coïnci-
dence », pensa Vic.

Calsalme le sortit de ses réflexions. Il commença à tourner en rond autour de Vic.

— Tiens, tiens, qui voilà! Vous croyez que je ne me doutais pas votre arrivée, petite racaille.

Calsalme se retourna et fixa Vic.

— Regarde, lui ordonna-t-il, en désignant à Vic un mur de la pièce.

Il y avait un grand, non, un énorme miroir avec les côtés tout en bronze et dans lequel on voyait Tail, Cat et Alexandra en train de marcher. Il pouvait voir tout ce qu'il voulait. Vic se retourna et vit le père de Cat. Il était attaché avec de grosses chaînes aux jambes.

— Normandin! s'exclama-t-il.

L'homme lui sourit sans dire un mot. Il avait reconnu Vic, l'ami de sa fille Catherine.

S'adressant à Calsalme, Vic lui lança :

— Vous ne me faites pas peur!

— Vraiment! Pourquoi trembles-tu alors? répliqua Calsalme, tout en tournant autour de Vic.

— Parce que j'ai froid tout simplement.

— Tu crois que toi et tes petits amis allez sauver ses pauvres Harpiens! Vous allez devoir manger des croûtes avant d'arriver à me faire sortir d'ici.

Ceci est mon château et c'est moi le roi d'Harpie.

— Attendez, vous allez voir! Vous ne connaissez pas Tail, il est l'élu. C'est lui qui vous tuera.

— L'élu? Que vas-tu encore inventer! Ne me dis pas que tu crois à cette légende stupide.

— Il va vous chasser!

— Allez! Ça suffit! j'ai assez entendu cette petite peste! Mettez-le au cachot en attendant l'arrivée de ses amis. Hi! Hi! Hi!

Calsalme réfléchit en regardant Tail dans le miroir. Croyant ne pas être entendu, il se dit à voix basse : « C'est ridicule! Ce n'est qu'un enfant », puis il quitta la pièce.

Normandin, qui été ligoté dans l'ombre, l'avait entendu. Il se dit alors à lui-même : « Tu vas voir ce que tu vas voir, Calsalme! »

Pendant ce temps, à quelques pas de-là, Tail, Cat et Alexandra se faisaient bien du souci pour leur ami Vic.

— Calsalme, c'est lui qui a fait ça, j'en suis sûre, dit Alexandra. Il nous voit, il nous espionne.

Tail entendit une voix intérieure lui dire : « Mon cœur, prend le flacon qui est dans ton sac ». C'était la voix de sa mère. Tail s'arrêta et regarda dans son sac. Il y avait bien un flacon, sur lequel était inscrit d'en prendre si on avait besoin de passer inaperçu.

— Que fais-tu? demanda Cat. Il faut continuer.

— Oui, un instant, j'arrive.

Tail prit la petite bouteille, but une gorgée et, pan! il avait disparu.

— Tail! Tail! Où es-tu? cria Alexandra, prise de panique.

— Ici! Ici! Regardez la bouteille.

On voyait seulement la bouteille et Curpy qui flottait dans le vide.

— Qu'as-tu fait? demanda Cat.

— J'ai avalé une gorgée du flacon et me voici invisible. En voulez-vous un peu?

Chacune s'empressa de boire, puis disparut.

— Enfin! Calsalme ne pourra plus nous observer!

Mais tu as oublié Curpy, il est toujours visible! constata Cat.

Tail donna quelques gouttes de potion à Curpy et voilà, le tour était joué!

— Allez! On y va, car je ne sais pas combien de temps dure l'effet de cette potion.

Et ils partirent en courant vers le château.

ANS UN LANGAGE QUE SEUL
Calsalme était capable de comprendre, un des mons-
tres chargés de surveiller les enfants dans le miroir
s'écria :

— Maître ! Maître ! Ils ont disparu.

— Comment ça disparu ? Ce n'est pas possible !

Il regarda l'homme qui fixait le miroir et lui
dit :

— Que se passe-t-il avec ce fichu miroir, qu'as-tu
    fait ?

— Rien, maître ! J'ai vu qu'ils avaient disparu. Ils
    étaient là et puis, plus rien, disparus, envolés.

— Voyons, on ne disparaît pas ainsi ! À moins… À
moins d'avoir une potion ma… Macmaster, c'est
lui ! Seul ce vieux fou fabrique cette potion. Allez ! Sonnez l'alerte !

Tous les monstres de Calsalme étaient en état
d'alerte.

— Mais une alerte pour qui ? On ne les voit pas ! fit
remarquer l'un d'eux.

Ils fermèrent quand même le pont-levis et commencèrent à lancer des flèches enflammées partout à
l'extérieur du château.

Tail et ses amis venaient d'arriver devant le château. Il s'arrêta.

— Pourquoi t'arrêtes-tu, Tail ? lui demanda Alexandra.

— Ce château, c'est l'orphelinat que j'habite !

— Impossible Tail ! rétorqua Cat.

— Oui ! Je te dis que ce château est l'orphelinat.

— Non, Tail ! C'est le château d'Harpie, insista
Cat.

Tail restait là à fixer le château. Puis il entendit
la voix de Macmaster : « Tail, je sais que cela a l'air
invraisemblable, mais c'est bien l'orphelinat. Toi seul
peux changer le cours des choses afin que ce château
ne soit pas une prison pour le reste de la vie ! » Du

plus profond de son cœur, Tail sentait qu'il devait sauver ce château.

— Allez, Cat, on y va. Viens Alexandra, dit Tail.

— Mais, ils sont fous, ils tirent leurs flèches partout! s'exclama Cat.

— Nous devons passer par les puits, car le pont-levis est fermé. C'est notre seule solution. Vous savez nager, j'espère! dit Tail en regardant Alexandra et Cat.

— Oui, répondirent-elles.

— Tu sais Tail, il y a un autre moyen d'entrer, indiqua Alexandra.

— Dis-nous lequel.

— Eh bien, il y a un tunnel secret. Suivez-moi!

Alexandra les dirigea vers le tunnel par lequel elle s'était échappée. Il débouchait dans la cave. Lorsqu'ils furent rendus à l'intérieur du château, Tail demanda à Alexandra :

— Conduis-nous auprès de la princesse.

— Ma mère?

— Oui, elle pourra nous aider à trouver les autres après, lui expliqua Cat.

Ils commencèrent à monter l'escalier qui conduisait à l'appartement de la mère d'Alexandra. Mais en chemin, ils rencontrèrent les monstres de Calsalme.

C'était terrible, il y en avait partout! Une chance qu'aucun ne les voyait encore. Alexandra se permit même de faire quelques grimaces aux monstres. Arrivé à l'appartement d'Isabella, Alexandra ouvrit la porte.

— Qui est là? demanda la princesse.

Comme elle est belle dans sa robe de soie rose avec ses cheveux bruns frisés, se dirent Tail et Cat.

Voyant qu'il n'y avait personne, elle s'avança et alla fermer la porte qu'ils avaient ouverte. Puis elle revint s'asseoir près du lit.

— Maman! dit Alexandra doucement.

— Alexandra!

— Oui maman!

— Alexandra? Mais où es-tu, ma chérie?

— Là maman, près de toi, mais tu ne peux nous voir.

Les yeux d'Isabella étaient remplis de larmes. Elle ne pouvait retenir ses pleurs. Depuis le temps qu'elle ne l'avait pas vue.

— Oh! Ma chérie, je veux te voir! Je veux te prendre dans mes bras.

— Maman, il ne faut pas parler fort, il faut que personne ne nous entende.

On aurait cru que, pour quelques instants, Alexandra était l'adulte.

— Pourquoi dis-tu « nous entend » ?

— Moi et mes amis.

— Quels amis ? Et comment se fait-il que je ne te voie pas ?

Alexandra expliqua à sa mère toute l'histoire, qui était Tail, qui était Cat et ce qui s'était passé avec Vic.

— Nous allons commencer par aller chercher Normandin, précisa Alexandra.

— Est-ce que Normandin sait où sont les autres ? demanda Tail en s'adressant à Isabella.

— Oui ! Il connaît tous les recoins du château. Normandin est enfermé dans la salle de l'espièglerie. Comme c'est lui qui a créé le miroir magique, Calsalme l'a fait prisonnier près du miroir.

— Oh, non ! C'était le secret de mon père ! Comment Calsalme l'a-t-il su ? demanda Cat.

— Seuls ton père et le roi Dartapie connaissaient son existence, ainsi qu'une autre personne. Mais Calsalme a des espions partout et il a bien organisé son projet, répondit la princesse.

— Le temps passe et je ne sais combien de temps

l'effet de la potion va durer, dit Tail. Nous devons y aller.

Ils partirent en direction de la salle des espions. Tail demanda à Isabella.

— Où est le roi?

— Il est décédé, il y a deux ans de cela, dit-elle tristement.

— Désolé, fit Tail.

— Tu sais, il ne souffre plus maintenant. Calsalme l'avait enchaîné et son cœur n'a pas résisté.

Ils rencontrèrent les gardes de Calsalme.

— Madame! Madame! Allez à votre appartement! lui dit l'un d'eux qui avait du mal à s'exprimer. Il y a un grand danger qui court.

— C'est bien pour cela que je vais rejoindre Calsalme.

— Bien, madame, alors ne perdez pas votre temps.

ANS LA SALLE DES ESPIONS, il n'y avait personne à l'exception de Normandin.

— Mon dieu, Princesse, que faites-vous ici? Vous voulez vous faire tuer par Calsalme?

— Non, Normandin, n'ayez crainte.

— Papa! Papa! cria Cat.

— Mon dieu, j'entends des voix, dit Normandin.

— Non papa, c'est moi, Cat.

Normandin regarda Isabelle. Il ne comprenait rien. Il n'y avait pourtant personne, à part la princesse.

— Oui, c'est bien Cat, votre fille, lui dit-elle.

— Comment! C'est ma Catherine!

Les yeux brillants de joie, Normandin demanda :

— Où es-tu? Montre-toi ma fille! Allez, montre-toi.

— Je ne peux pas papa. J'ai pris la potion que Macmaster a donnée à Tail.

— Qui est Tail? demanda-t-il.

Une fois de plus, ils racontèrent leur histoire, puis Normandin s'adressa à Tail.

— Si tu es l'élu, tu es le seul à pouvoir sauver les Harpiens.

— Oui, monsieur.

— Allez, nous n'avons pas de temps à perdre. Si je me rappelle bien, la potion fait de l'effet pendant trois heures.

— Trois heures? Cela veut dire qu'il nous reste 20 minutes, annonça Tail.

— Regarde dans le tiroir du fond, il y a la clé pour me détacher.

Normandin indiqua où la clé était cachée. On vit le tiroir s'ouvrir tout seul, puis la clé flotter dans les airs. C'était surprenant.

Dès que Normandin fut détaché, ils partirent en direction du cachot. En deux temps, trois mouvements, ils étaient près des geôles après avoir emprunté un passage secret du château que Normandin connaissait. Arrivé devant la porte, il s'arrêta.

— Il y a un gardien. Comment va-t-on faire? demanda Isabella.

— Comme nous sommes invisibles, on peut s'approcher, le prendre par surprise et l'attacher, expliqua Tail.

— Bonne idée! Mais avec quoi? interrogea Normandin.

Tail regarda dans son sac, mais ne trouva rien.

— Ta ceinture Tail! Ta ceinture! cria Alexandra.

— Excellente idée, ma fille! fit Isabella.

Le garde n'eut pas le temps de se rendre compte de ce qui se passa. Il crut qu'il était attaqué par des fantômes. Il cria tellement fort, qu'il en perdit connaissance. En un temps record, il était ficelé et bâillonné.

— Cat! Prends ses clés, lui dit Tail.

Il y avait une grande porte de bois avec un gros bout de bois qui la tenait fermer et un énorme cadenas, que Tail débarra. Il ouvrit la porte du cachot et entra. Il y avait tellement de gens enfermés, qu'il n'en crut pas ses yeux. Il les détacha les un après les autres.

— Allez, dépêchez-vous! Il faut vous enfuir, leur disait-il au fur et à mesure qu'il les libérait.

— Vic! Vic! Où es-tu? cria Cat qui venait à son tour de pénétrer dans le cachot.

— Vic! Où es-tu? demanda Alexandra à son tour.

On entendit une personne se plaindre qu'elle allait mourir et tous reconnurent la voix de Vic.

— Ici! Je suis ici. Je suis attaché, venez m'aider.

Vic était là, les mains attachées par une grosse chaîne scellée dans un mur.

— Mais où êtes-vous? Je ne vous vois pas!

— Pas d'importance! On n'a pas le temps de t'expliquer! Il faut trouver ton frère, annonça Tail.

Ils continuèrent de détacher les pauvres prisonniers. Certains n'avaient plus de force, d'autres avaient été battus. Cela faisait pitié à voir, mais personne ne voyait le frère de Vic. Il y avait un homme qui était attaché sûrement depuis longtemps, vu la longueur de sa barbe.

— Marcuse! s'exclama Isabella. Marcuse, c'est toi?

— Isabella! Isabella! C'est bien toi? demanda l'homme.

— Marcuse, Marcuse, cria Vic à son tour.

— Victor c'est bien toi!

— Oui Marcuse, c'est moi.

Vic entrepris de libérer Marcuse. Ses chaînes enlevées, il prit Vic dans ses bras ainsi que la princesse Isabella. En l'espace d'une seconde, c'était comme si le temps s'était arrêté. Alexandra regarda sa mère sans comprendre pourquoi elle embrassait cet inconnu, puis elle dit :

— Maman ! Que fais-tu ?

— Oh ! Ma chérie, j'ai tellement de choses à te dire.

Tail les interrompit :

— Je suis désolé Isabella, mais nous devons nous dépêcher, le temps file. Vous nous raconterez plus tard.

— Attends Tail, intervint Alexandra. Qui est donc ce Marcuse ?

— Hum ! Ton père, ma chérie ! Ton père, précisa Normandin.

— Quoi ? Mon père, mais… Mais je croyais que Cals…

— Non, ma chérie, dit Isabella.

Tail dut les interrompre une fois de plus.

— Je ne veux pas vous bousculer, mais le temps passe.

— Allons-y ! ordonna Normandin.

111

Tout à coup, on vit tranquillement réapparaître Tail, Cat ainsi qu'Alexandra.

— Tail! On te voit! cria Vic.

— Alors, une raison de plus pour aller plus vite, répondit Tail.

— Quel brave garçon! fit remarquer Marcuse à Normandin.

Tail sortit son épée qui appartenait au chevalier blanc et Marcuse lui demanda :

— Où as-tu eu cette épée? Elle appartenait au chevalier blanc.

Tail n'eut pas le temps de prononcer un mot que Normandin dit :

— Assez discuté! Il faut partir.

Ils quittèrent le cachot et remontèrent jusqu'à la grande salle du château. Il y avait des soldats de Calsalme partout. La partie ne serait pas facile, car tous les voyaient à présent. En plus, un feu avait été allumé dans le château à cause des flèches enflammées que les soldats de Calsalme avaient lancées. Il n'était plus possible de partir. Ils devaient combattre et prendre le collier de Calsalme.

— Mais où est ma mère? dit subitement Alexandra.

La princesse avait disparu.

— Calsalme! dit Marcuse.

— Elle est sûrement à la tour, dit Normandin. Un soldat doit l'avoir conduite à Calsalme. Nous devons retourner à la tour.

Ils continuèrent à monter, tout en combattant les soldats dans cet escalier sans fin.

— On est arrivé! C'est derrière cette porte, dit Normandin.

Il essaya de l'ouvrir, mais elle était verrouillée.

— Allez, à trois, on fonce, dit Marcuse. 1, 2, 3…

— Ça n'a pas marché, dit Tail.

— On recommence, dit Marcuse. 1,2, 3 et…

La porte s'ouvrit. La princesse Isabella était bien là. Attachée sur son lit.

CALSALME ÉTAIT ASSIS À CÔTÉ de la princesse, tenant un couteau près de sa gorge. Il les regarda tous et dit :

— Essayez d'approcher et je la tue! Jetez vos armes.

— Oh, mon dieu! murmura Tail.

— Qu'a-t-il? demanda Marcuse.

On aurait cru que Tail venait de voir un fantôme! Furieux, il reprit :

— Je vous tuerai! Je vous tuerai.

— Tail, que se passe-t-il? demanda Normandin.

Les yeux de Tail étaient remplis de colère. Tous

ne pouvaient que remarquer le visage de Tail. Personne ne l'avait vu ainsi jusqu'à présent.

— Tail! reprit Normandin.

— C'est lui, Tail, affirma Vic.

Mais Tail n'entendait pas Normandin ni Vic. Il se remémorait la nuit du meurtre de ses parents. Calsalme était cet homme. Comment était-ce possible?

Calsalme menaçait :

— Jetez vos armes ou je la tue.

Tail lui cria :

— Vous, baissez votre couteau immédiatement!

Tail savait que Calsalme était capable de s'en servir. Il remarqua le manuscrit de son père sur la table à côté du lit où la princesse était ligotée.

Tous laissèrent tomber leur épée. Calsalme s'approcha de celle de Tail, car il savait que cette épée avait de grands pouvoirs. Il se pencha, tenta de la saisir, mais se brûla.

— Seules les personnes au cœur pur et au sang royal peuvent toucher cette épée, dit Normandin avec solennité.

— Cette légende est donc bien réelle. Alors, tu es le fils de cet idiot de Tifson! lança Calsalme en regardant Tail.

La colère montait en Tail, mais il ne voulait pas que la princesse subisse le même sort que ses parents. Il ne bougea pas.

— Gardes, attrapez-les! ordonna Calsalme.

Ne pouvant rien faire, tous furent fait prisonniers et se retrouvèrent au cachot. Normandin prit la parole :

— Tail! Tu es vraiment le fils de Tifson?

— Oui.

— Comment est-ce possible? Comment es-tu arrivé ici? Comment…

— Papa arrête! C'est assez dur pour lui, supplia Cat.

— Désolé, Tail.

Mais Tail n'entendait pas du tout Normandin. Il essayait de comprendre le pourquoi de ce qu'il lui arrivait. Les questions se bousculaient dans sa tête : « Suis-je ici pour venger mes parents? » « Comment mon père est-il ici et comment s'est-il retrouvé en 1954, puisqu'on est en 1400?! » « Il manque quelque chose pour que je comprenne ce qui se passe. » Tail leva les yeux, comme pour demander des explications à Macmaster, mais Vic le sortit de ses réflexions.

— Qu'allons-nous faire maintenant ? On va mourir, on est cuits, dit Vic pris de panique.

— Calme-toi Vic ! rétorqua Tail. Nous allons sortir d'ici, je te le jure sur ma tête.

C'était la première fois que Vic voyait Tail ainsi. Il avait une telle confiance en lui que Vic en était rassuré.

— Ne vous inquiétez pas ! À la nuit tombée, ils dormiront tous comme des bébés, car ils auront fêté leur victoire, affirma Marcuse.

— Ah, oui et que ferons-nous alors ? demanda Vic.

— Tail, te reste-t-il de la potion que Macmaster t'a remise ? questionna Normandin.

— Oui, mais elle est dans mon sac et mon sac est resté de l'autre coté de la grille, dit Tail en montrant son sac qui était par terre dans le couloir menant au cachot.

— Curpy ! Demande à Curpy d'aller le chercher. Il est petit, il peut passer entre les barreaux de la grille, lança Alexandra.

— Bonne idée ! approuva Tail.

Tail prit Curpy dans ses bras et lui expliqua ce qu'il devait faire.

— Vas-y Curpy, je sais que tu en es capable.

Curpy partit en direction du sac sans faire de bruit.

— C'est bien Curpy! Doucement, tu vas y arriver.

De peine et de misère, Curpy réussit à rapporter le sac de Tail.

— Merci Curpy! Tu es génial.

Tail remit le sac à Normandin, qui regarda ce qu'il restait de potion dans le flacon.

— Bien! Bien! La situation est meilleure que je ne le pensais, dit Normandin.

— Vraiment? demanda Cat.

— Avec un petit ajout de ceci et de cela, nous allons pouvoir en faire plus.

Tous firent cercle autour de Normandin pour que les gardes ne voient pas ce qu'il faisait. Cela prit quelques minutes pour que la potion soit prête. Pendant ce temps, Alexandra demanda à Normandin.

— Dis-moi, si Tail met le collier de Calsalme, est-ce vrai que je retrouverai mon apparence?

— Oui! Alexandra, c'est vrai! Tail est l'élu et seul l'élu peut mettre le collier et les châtiments que Calsalme t'a infligés n'auront plus d'effets.

Alexandra regarda Tail et se dit à elle-même : « Tu es mon sauveur, je sais dans mon cœur que tu y arriveras. »

— Voilà! C'est prêt, maintenant! Tail! Marcuse, venez! dit Normandin.

— Et moi? demanda Vic. Hé là! Vous m'oubliez! insista-t-il.

— Non Vic, on ne t'oublie pas, répondit Marcuse.

— Alors, pourquoi ne m'en faites-vous pas boire?

— Parce que tu dois rester ici afin de veiller sur Cat et Alexandra.

Vic eut un moment d'hésitation, puis dit en regardant les filles :

— Hum! C'est un homme qui doit rester ici.

Tous savaient que Vic était trop froussard.

— Lui nous protéger? Tu rêves mon gars, il a peur de son ombre, dit Cat.

Vic la regarda, offusqué.

— Pourquoi devons-nous rester ici, c'est ridicule! poursuivit Cat. Je suis capable de vous aider et de me défendre.

— Je sais, ma chérie! Vous devez surveiller le cachot parce que, lorsque vous nous verrez revenir, il faudra ouvrir la porte et y enfermer Calsalme.

— Mais le garde à l'entrée du cachot? demanda Cat.

— Regardez bien, il va revoir des fantômes! dit Tail.

Curpy se glissa une nouvelle fois sous la porte, prit la clé du garde endormi et la remit à Tail, qui passa sa main entre les barreaux afin d'atteindre le cadenas et en un clic le déverrouilla.

— Bien, allons-y! dit Marcuse.

A VOIX RÉVEILLA le garde. Il entendit la porte s'ouvrir et aussi des voix sans voir personne. Pris de panique, il s'enfuit en courant. Tail, Normandin, Marcuse et, n'oublions pas, Curpy partirent à la recherche de Calsalme.

Comme ils étaient redevenus invisibles, on ne pouvait les voir. Contrairement à ce que Marcuse avait pensé, personne ne dormait, tous étaient à leur poste. Partout dans le château, il y avait des soldats. Tout était revenu à la normale et les incendies allumés plus tôt étaient tous éteints.

— Ça va être plus difficile que vous ne le pensiez, fit remarquer Tail.

— Oui! J'aurais parié qu'ils auraient fêté leur victoire, commenta Marcuse. Je crois que Calsalme a vraiment peur de la légende, ajouta-t-il en regardant Tail. Tu sais, Tail, si tu reprends son collier, il est conscient qu'il perdra tout ce qu'il possède en ce moment.

— Allez, nous ne devons pas perdre de temps, nous devons trouver Calsalme, dit Normandin.

Des gardes étaient placés dans chaque coin du château, prêts à combattre. Tail et ses amis montaient l'escalier pour retrouver la princesse. La porte de la chambre de la princesse était ouverte, Calsalme était toujours là, mais endormi sur une chaise près d'Isabella.

— Tail, tu dois en profiter pour lui prendre le collier et le mettre, chuchota Normandin.

Tail s'approcha de Calsalme, enleva le collier à Calsalme et le mit autour de son cou.

Calsalme se réveilla, car le ciel se déchaînait. Le tonnerre grondait, il y avait des éclairs partout. Puis le calme revint et, quelques instants plus tard, on entendit les soldats parler normalement. Leur langage était de nouveau compréhensible, ils étaient redevenus des Harpiens.

Vic, Cat et Alexandra, qui étaient restés dans le cachot pour attendre qu'on vienne y enfermer Calsalme, comprirent vite que Tail avait réussi à récupérer le collier. Ils se précipitèrent dans la chambre de la princesse.

— Tail, Tail, regarde-moi! s'écria Alexandra toute joyeuse.

Elle était redevenu une magnifique petite fille aux cheveux blonds avec de petits yeux noisette. Elle ressemblait à Cat.

— Où est passé Calsalme? dit Marcuse.

Calsalme avait disparu.

Par la fenêtre, Tail le vit au loin s'enfuir du château à cheval.

— Il est là! dit Tail en faisait signe à ses amis de regarder dehors.

— Je reviendrai! Je me vengerai! hurlait Calsalme en s'éloignant du château.

À suivre…

Ne manquez pas la suite de l'histoire! Car ce n'était que le début…

Remerciements

Si vous pouvez aujourd'hui découvrir ce conte fantastique, c'est pour beaucoup grâce à l'aide et au soutien des miens qui m'entourent avec beaucoup d'amour. À mon tour, je veux leur dire tout mon amour et remercier...

— Denis, mon conjoint, pour sa patience. Je n'oublierai pas les nombreuses soirées qu'il a accepté que je passe avec mes personnages plutôt qu'avec lui.

— Kevin, mon deuxième fils, pour les recherches qu'il a effectuées, pour les chapitres qu'il a lus et relus, et pour son avis qu'il m'a donné.

— Virginie, ma nièce, qui fut une lectrice attentive et une conseillère avisée.

— Alexandre, mon plus jeune fils, sans qui Vic n'aurait pas existé, car c'est lui qui me l'a inspiré.

— Justine et Jade, mes nièces également, qui se reconnaîtront peut-être dans Alexandra et Cat.

À vous tous, de très gros mercis.